GO TO
THE
SUPERMARKET

卢德坤

著

作家出版社

逛超市学

目 录

辑 一

失眠症

1

不夸张地说，三十岁前，我不知失眠为何物。

当然，不是没有精神劲儿十足而一时无法合眼的时刻。事实上我得说，那时候振奋的夜晚，未免是太多了些。有时候，不是睡不着的问题，是根本不想睡的问题，是如何多霸占一点时间的问题。但是，最后，总能自然地沉到梦乡中去，得到平静，或以另一种方式延续振奋。

前一阵子，失眠症出现了。

刚开始时，我误以为这种睡不着也是一时的"精神劲儿十足"，没什么大不了。但差异很快显现出来：明明已经没劲儿了，不能坚持了，透支了，那"精神劲儿"却还在。它有数不清的网格状毛细管道，传输各种各样声音，延绵不绝，使人辗转反侧。我起身，把拖鞋摆一摆端正，将窗帘拉得更紧些。我数数，数不到五十就乱了阵脚。一步一步向上迈的数字，原本似乎能发出不一样的平和的声音，但很快被上述更汹涌的、不请而来的声音给打断，继而淹没——我又被带到了别的什么地方……

反正大把时间，不如考察一下症状是何时出现的也好。

我在一家报社工作，这是一个被认为容易引发失眠症的所在，虽然我知道有些人睡得很好。

原初，我在国际新闻部，主要工作是发发通稿，偶尔搞些逸闻趣事的编译。比如，英国又一位健壮的妈妈生了七胞胎。见报时，配一两张她怀孕时露出"巨肚"或生产完手拥七胞胎的照片。之后他们会过怎样一种生活，我们不得而知。照片我们看过了，也就过去了。

又如，某位出身底层的彩票中奖者，赢得一笔令人咂舌的巨额奖金，过上了奢侈生活。然而，不过三四年，奖金"烧"完了，刻下生活似乎比中奖前还落魄，整个人看上去就像个捡破烂或睡天桥底下的。他是怎么落到这般田地的，只有天晓得。读者喜欢看这类短时间从低爬到高，又从高处跌落的故事。幸而这样的人为数不少，因此，相同故事的不同版本登个数十次也不打紧，也还算得上新闻。有时候你不免怀疑，其实他们是同一个人，只不过换了副面孔，再中一次奖，再落魄一次，再上一次报纸。如此循环往复。

工作虽然不甚努力，却意外得到领导赏识——我不敢说他们慧眼有加，整个人却因此飘飘然起来——从国际新闻部调到一个新成立的独立部门，专门负责头版操作，不用管其他什么鸡零狗碎的事。虽有其他部门同事提供素材，但总领其事者只我及另外一位。我和他之前也算相熟的。

似乎，责任是重大的。但是，事实上，工作性质并没什么改变，也就是拣择一些人们喜闻乐见的新闻、旧事摆在最前面。不过，我喜欢学我搭档的样儿，每天都皱着一对眉毛，让人们去说这是因为工作压力太大。那时候，我的睡眠尚可称得上安稳。

报纸出错是常事，头版也不例外。触目是更触目一点，人们往往也只一笑置之——鸡毛蒜皮出了点错，也不会让它错上加错，或者错错得正。只是，有一天，在一件同样琐碎但人们普遍认为有点重要性却很少有人真正关注的事情上，出了点差错，事情就有点不一样了。不巧，我的搭档那天休息，我得一力承担责任，虽然第二天我俩碰头的时候，他的眉头皱得比以往更紧了。

没想到，遭受领导简单批评后，人们也只笑笑，好像事情也就完了，一切照旧。但我知道，事情还没完。至少，我觉得自己发生了一点变化。

我觉得，同事看我的眼光有点不同了。碰见时，打完招呼，各自离开，我立马就听见已经发出的或尚未发出的阴阳怪气的声音。我得了幻听症吗？这时常伴随失眠症产生。并没有，那时候我睡得也还不错。我的确听到了这样一种声音。他们没有资格发出这样一种声音吗？当然有资格。我不一定看得起他们，为什么他们一定要看得起我？显而易见的是，现在，我成了人们喜闻乐见的那类人物——或者，我原本就是——而且是上不了新闻版面的那种。

凌晨下班回家睡觉，黑暗中开始有些疑影闪现……我一直盯着版面，那个错误原本似乎并不存在……疑病症，乃失眠症前导，或曰伴当，我大概是"不幸"中枪了。转念，我又觉得这是必要的"发病"，我因此看到一些原本没看到的事物，当然也有可能是我因此没看到一些原本不存在的事物。

这样想着，我自然而然就睡过去了。

隔几个晚上，我又想，那些嘲讽、欣喜的目光，甚或存在或不存在的加害，其实无关紧要，就像一些人读社会新闻感到温馨或恶心一样无关紧要。那欣喜与嘲讽至少都还是某种表示，说明我是值得被嘲讽、被欣喜的——产生这样一些念头，说明我是个无可救药的乐观主义者或爱"作"主义者罢。

真正让我在意的，是这一错误在另一些人眼中仿佛根本没发生过。就算发生了也是没发生过的。不觉得有任何表示的必要，而统统只是默默的。

我犹疑着是否需要做一次较激烈的自我批评。最后，我并没有任何表示。

过了一阵子，我又做了另一个他人认为是笑话的决定：辞职。我有点乏了，不愿再接触很多人了。当我向领导提出时，他表示非常震惊，似乎事前完全没想到我有此打算。如果这是演出来的，我觉得他的演技真是没话说。领导问我为什么辞职。我说想暂时放松下心情，到处看看。这话连我自己都觉得太过敷衍，但领导却当成是一个理由似的听下来，并点点头。过一会儿，他提到之前那次事件，说那其实没什么关系，而且都过去了。事实上，有些人都不认为那是个错误，我不应将此视为耻辱，反该当成光荣。他可以先给我放个大假，等我心情放松完，回来继续为大家服务。

他为什么在这时候说这样的话？经过一番快速思量，我决定不仅仅把它当成是挽留我的软话，我确信，这里面的确有一种善意，然而我无法赞同。我对他说，我心意已决。

我的坚持，让领导颇为失望。他没再说什么话，爽快答应了，对我微笑。似乎，我原本不是不知好歹的，眼下才是不知好歹。我露出了真面目。

我得承认，有那么一时半会儿，我感到不快，自尊心受了点伤。原本想着跟领导辞职得尽量平和，最终却无法平和——虽然整个过程平平和和的，没半点火药味。就算结果仍是一样，为什么他不多挽回一下？我是把自己看得太微末了，还是太重要了？这是一时无法辨清的。

失眠症是从这个时候开始的吗？我不确定。我倾向于否。

2

我对人说，我想暂时放松心情。我想改变恶劣的作息习惯，过朝九晚五的生活。我需多运动，戒烟戒咖啡戒垃圾食品。我想旅行，我想去远一点的地方。这样一些话，滑溜，轻易就说得出口，但一开始，我不认为是欺人之谈，我也正是如此对自己申说的。

心境的确起了变化，但不能说是轻松的。生物钟更是一种根深蒂固的东西，夜行动物一时难以适应日光。我倒是有一个厨房，书房里有几本美食书，但我不会做饭，也没有人为我洗手做羹汤，只能下馆子或叫外卖。手机上点点，就有人送货上门，还能巧妙搭配各种抢来的满减券，真是时代伟大的进步！无可否认，垃圾食品有垃圾食品的便捷与美味。另外，不知是不是因为惯于久坐，不仅消磨了我旅行的欲望——对旅行的憧憬一息尚存——甚至使我觉得起个身舒个腰都是件麻烦事。

以上种种，总还要跟钱发生关系。多年工作，我存了一点钱。上班时，因社交关系单一，个人无特别嗜好，因此还留有一些。这也是辞职时我看似有底气的原因之一，当然，最大的底气是我的幻想症以及乐观主义，这是没有疑问的。有时候，二者为一。

因此，化身中年宅男，是我唯一的看似合理的选择了。

失眠症最初来袭时，我否认它是失眠症。当时是四月初。宅男生活是快乐的，不然没有傻子愿意做宅男，白白让世人笑话了，还捞不着半点乐子。睡不着，是乐子来得太快太多太过激荡的缘故罢，我因此想起年轻时候的日子。看来，失眠症也好与丢失的青春做伴。况且，我还有件秘密武器，让我在关键时刻睡去，养一点精神，让自己有继续"烧"下去的本钱。这件秘密武器与作为幻想家的我有关，也符合宅男的处世之道。

年近不惑，谈过几个女友，多是进报社前的战果。虽然一只手就能算出总数，但贵精不贵多不是？她们或许已不愿再与我扯上什么关系，因此也不便侈谈。说一些个人较深刻的印象，将她们的姓名隐去，或许不至于显得过于冒犯：

首先浮现在脑海的是甲。奇怪，甲不是那种令人印象深刻的人。以任何标准看，甲长得都低于平均水准，当年我就颇不放在眼里。她主动与我接近，让我有些意外，毕竟彼时风气与刻下不一。甲有双叭儿狗眼睛，时常能专注地盯着人看，似乎打扮打扮，就有一种艳俗的仆佣气质。有人背地里叫她花痴。她是独生女，据说家境不错，偶尔帮你付点钱也是没问题的，但好像也称不上大方。我们很快就有些热络起来，然而，愈是热络，愈不把她放在眼里，倒很欣赏她畏葸以及易受伤害的模样。

乙是甲的朋友。两人友情甚笃，风格天差地别。乙长得美，她知道这一点，并时时挂在嘴上说，自我表扬，大概是想暗示我只是她众多追求者之一罢。她如此坦白，正好说明她不善于利用自己的优点，一开始就暴露了一切，因此，越发显得妖艳而笨拙，甚至让人觉得有一种朴实，倒格外诱惑人了。有一阵子，我将乙视为生命中的唯一。在乙眼里，我大概与甲在我眼中的等级是差不多的，但因我功夫下得足，乙又没什么特别的心眼，便打得火热。甲知道这件事情，表面看来并不介怀，与乙照常以姐妹相称，像是后者的仆佣。我想，可能是因为我从未许诺过甲什么东西，她想介怀，也没什么资格介怀罢。乙大概认为甲与我只是普通朋友，不可能发生什么关系的，因此完全不在意。有时候，我故意在乙面前说自己与甲打得火热，乙都笑得花枝乱颤，说我痴心妄想，又以为我是故意逗她的。笑话攻势是我虏获乙芳心的招式之一。乙的笑点低，一如其目光浅。某一段时间，我徘徊在甲乙之间，当然更青睐后者，但有一种得享齐人之福的感觉。老实说，那是我人生最快乐的一段时光。我好像在那时候花光了一生的运气。

丙是唯一一位我进报社后，才攀上关系的。我们之间并没有什么明确的关系，我们之间有一种不明确的关系。丙是一位有夫之妇。她的丈夫我也认识，算是点头之交。我与丙的关系，原本还淡于我与丙丈夫的关系，平行线一般。忘了是怎么一回事，慢慢熟络起来了，但这种熟络并不是亲昵的，而带有点攻击性。有一阵子，我们大概是彼此厌恨透了。我想不通世上怎么会有这样一种女人，她想不通世上怎么会有这样一种男人。本来，避开点，就相安无事了。大概我们都想去"想通"我们想不通的事情，因此各自进入"敌区"探察，渐渐地，有了一点了解，进而，增加了少许的亲昵。作为两根平行线的我们，在某时某刻，各自发生了一点轻微得肉眼看不出来的倾斜，在极遥远的看不见的未来，有可能会交叉相遇上。然而，仅止于此。我们没有牵过手，没有接过吻，没有上过床。唯一值得记挂的，只是几个眼神，几句话语，几次不经意间的身体相碰——有一类不受大众欢迎的言情小说，大概也是这么一种写法，明明没什么，倒好上了。很多人都会疑惑，这中间真的存在什么关系吗？即使是不明确的关系。然而，我确信，我与丙之间是有一种关系的，其程度之深超过我与乙，遑论甲。

或许还可以加上"丁"。丁并不是一个人，不是一只猫，也不是一个人偶或"仿真人"，更不是一种影子或我脑子里的声音。毋宁说，她是很多个人、很多只猫、很多个人偶或"仿真人"、很多影子与声音。她可能是某些在我生命中划过的流星，也可能是一个我喜欢的女明星、多看了两眼的路人、商店橱窗中一晃而过的影子、一个无来由浮现的影像，某种气氛，等等。

在我怎么也无法入睡的夜里，我命令焦躁不已的自己说：好了，该睡去了！为奖励你睡去，给你发点蜜糖好了。于是，我召唤甲乙丙丁，好像什么巫师、术士。她们一位接一位来。当其中一位不够给力时，第二位就接着上，总有一位符合要求。记忆棒插上电脑凹槽，我与甲乙丙丁榫卯相接之际，一股轻柔的金黄色的捏一捏还会在上面留下指印的蜜汁，巴黏覆裹在我身上，令人既觉安全又感满足。她们是爱我的，我想。接着，我唯一要做的事便是不再睁眼了，任凭什么力量带我到随便哪个地方去。

我不敢一次性将她们全部召唤出来，不是怕自己承受不了，而是怕她们会打架。事实上，像是讲好的，她们从未一起出现过。就算我勉力为之，她们也不肯一块出来，有时候最多只是甲和乙或丁的一些分身一块来罢了。够了，这样已经够了。

然而，不知道从哪天夜里开始，事情就不再这么顺利了。我将甲乙丙以及丁的种种分身依次召唤个遍，依旧无法入睡。我无法再穿上她们赐予的糖衣。事情就好像是，她们之间不打架，她们一个个和我打起架来了。在她们来的时候，随身自带的旖旎的金黄光芒中，羼入其他颜色：绛紫、大红、乌黑……搅得混乱不堪。然后，出现一道炽白的光，周围的事物统统淹没在那炽白之中，看不出还有其他颜色。我知道，那是我被唤醒的记忆的尖锐部分。我记起另一些事情。这些事情从未被忘记过，它们潜藏在旮旯角落里，平常不容易看见。或者，它们就光明正大站在我面前，我却与它们当面错过了。大概是需要什么特别的触酶，我们才能看见。长久的、折磨人的失眠，就是这种触酶？这么说来，我还得感谢失眠症了？

我又记起：

乙的身边很快又出现好些能把她逗得花枝乱颤的人儿。或者他们之前就存在，只是我没发现。这不是顺理成章的吗？她早就暗示明示过我了。我总觉得她没有察觉自己最大的武器是——"朴实"，而非妖娆，那是我有眼无珠。倒不是说她的"朴实"是装出来的，是拿来骗人的，让人以为她才是容易受骗的那一个，而是说她的"朴实"是货真价实的：她轻易受我的骗，又轻易受其他人的骗，都是真切的；该受谁的骗，就受谁的骗，自然而然的。她的不察觉，正是这种"朴实"本身的体现，她不用特别地去察觉。她受谁的骗更深，她就更爱谁，谁愿意骗她骗得更厉害，或许才是最爱她的。骗子和受骗者早已融为一体，难分彼此，谁也少不了谁。事情就这么简单，朴实。我比不上人家，便败下阵来，乙投入了别人的怀抱。我已经很久没见过乙了，但也风闻一些她的近况——美人的消息，总是容易流传开来——据说过得并不幸福。我相信，她并不同意这一点，我也不同意。

甲接下去的发展看似没什么戏剧性。她升了迁，到别的城市工作。联络渐渐少了，偶尔见了面，不特别理会我，也不冷淡，我暗地里发了很大的火。据说经她手的男人络绎不绝，各式各样。不管真假，她的确多了一种"大姐头"气质。乙后来跟的男人，是甲介绍的，据说是后者经手过的层次较高的一位。甲和乙依然是好姐妹。乙很需要甲，碰到问题就向她请教，甲也乐意奉告，乙也愿意替甲办事。曾经的三人行，只有我掉队了。让我稍稍解恨的是，甲很迟才结婚。见过世面又如何？"大姐头"又怎么样？自己的模样终究没法变，她也没去做整容手术不是？可又听说，倒不是别人挑她，而是她挑别人。最后，甲找了个难看（至少比我难看）的男人，家里倒是有点钱的，用乙的话来说，那就是男版的甲。真是绝配！我也很久没见过甲了。与对乙的感觉不同，我有点害怕见到甲了，但又希望她能来见我。

重要的事情不妨再说一遍：我相信，我是爱丙的，丙也是爱我的。我们不惧爱上敌人。但我们无法在一起。还有比这更可悲的事情吗？好像没有了——有一类受大众欢迎的言情小说，好像也是这么写的，但他们最后总能排除万难，而在一起。在我这里，这"难"像一堵墙，永远在面前。但是，这真的可悲吗？我想，我是一个有道德的人，我总是碍于丙已经结婚这个事实，我不愿拆散别人。更可能的情况，是我没勇气的缘故？丙是不是正等着我去拆散？爱情面前，谈何道德？可是，天假其便，丙自己离了婚，那又如何？我们就可以在一起了罢！然而，更细细琢磨，我感到一阵恐惧。眼下，得不到丙，我还有一个借口：她有丈夫。如果她离了婚，我仍旧得不到她，连这点借口也没有了。还有一种可能，如果得到了呢？那又怎样？我无法想象我和丙两个人待在一起的情形。中间好像缺了点什么，我们无法再畅快交流，无法再在无言的情况下也能心意相通。三个人中，二者的沉默不是沉默；两个人相对的沉默，才是真正的沉默。说到底，丙的丈夫是个重要角色，或者说是爱情的触酶。重要的事情不妨再说一遍：我相信，我是爱丙的，丙也是爱我的。如此而已。在不在一起无关紧要。可这世界上还有比这更可悲的事情吗？我在这些问题中间打圈，绕不出去。

丁仍旧是安慰我睡眠的最得力之人或物。多亏她，我往往能从黎明开始入睡，一睡还能睡蛮长时间。不过我不确定这是否全部是丁的功劳。黎明未来之前，窗外开始鸟声啁啾，渐渐地，出现了一些人的活动声，细微的交谈声，接着，汽车开始发动。这些天光的声音，一般被认为是叨扰睡眠的，可对我来说，它们扰乱了房间里寂静的飞行着的意义混乱的言语，反而使我的精神沉下去，深落到某个点上。我大概光顾着和我的甲乙丙丁打交道，和世人隔绝得太久了。但叫我轻易走出房间，和他们在一起，又是难以办到的。或许，我也可以把这些窗外的声音归入"丁"的范畴，让所有的功劳都让丁领了去。可这是不对的，这些声音跟丁没什么关系。最近，这些天光的声音也渐渐失去"药性"了，它们与房间里的声音交融在一起，两头夹击。等到一般人吃早饭时间，我仍旧睁着眼睛。只不过，我原本面对的是黑暗，现在与之抗争的是光亮。

我的爱人分作甲乙丙丁，我的仇人事实上也可列为戊己庚辛。既然，甲乙丙丁对我已失效用，那么戊己庚辛会不会意外起什么特殊作用？经过实际操作，我发现，想着戊己庚辛，对安然入睡并无助益，对愤而起床倒挺有帮助的。

显然，我失去了一些东西，不仅是我的睡眠。我还失去了我的甲乙丙丁？说甲乙丙丁，似乎太缺血肉、人性，人们因此要责我对爱人没心没肺了？其实我还给她们取过另外的名字：梅兰竹菊——这样的名字似乎更能催人入睡？或许吧。我失去了我的梅兰竹菊了吗？自然，她们不在我身边，这是一种失去。可是，她们不也以一种鬼魂的形式，缠绕在我的身边，无法散去吗？可即使继续纠缠上三生三世，她们的心，我也只有一点认识，或者不如说，全无认识。没有得到，也就无所谓失去，只是纯粹的不可能而已。

我失去的是另一样东西，我的幻想力，我作为幻想家的资格。那道白光是从哪里来的？这是好事？坏事？这问题也够我失眠一阵子了。我总觉得，这不是特别好的事。原来幻想家也不是谁想当就能当上的。或许，我可以想想看有没有别的甲乙丙丁可供我幻想幻想。

"或者""也许""但是""似乎"……我喜欢这些词语，又十分痛恨。该死的"或者""也许""但是""似乎"……

或者，这一切都是我想多了，脑子里某个部分出了错。她们还是爱我的，我对自己说，脑子也是可以医好的。什么甲乙，什么丙丁，什么梅兰，什么竹菊，话说得是不是过于怪诞、饶舌了？请将这些话当成我的梦呓罢。

虽然我还醒着。

3

厘清与甲乙丙丁的关系，被我视作一种"碎片重整工作"。至此，仿佛终于完成一幅不大不小的拼图，暂时可松一口气。我较以前容易入眠了。

但很快，出了别的一些始料未及的事。甲乙丙丁，可视作我精神系统内缠斗不休的影像，接下来的事，我觉得更多的分属另一系统，两者之间好像没什么关系——当然，肯定会有人说，两个系统是紧密相连的——在其中，我遭受的是某种"物理攻击"，失血不断，睡眠因之陷入完全紊乱的状态。

事情的起因稀松平常。我这人没什么别的能力，化平常为极端倒不在话下。某天，我想起一本以前读过的旧小说，想再读一遍以作消遣。手边没有，搜索时发现一个叫"乌有乡"的网站，在上面以极低廉的价格买到了。

"乌有乡"是个值得深挖的地方。这是一个网络跳蚤市场，旧货集中地，店家林立，可店内订购外，还有专门的拍卖区，拍品每日换新，东西可卖到高价，也可能让你"捡漏"。品种不可谓不多，除旧书，还有旧字画、印章、雕刻作品、明信片、邮票、钱币、收音机、唱片、手机、手表、碗筷、衣物、儿童玩具、有时间限制的机票、二手车……不久我还发现，以上物品，不少还有全新品可供选择。眼花缭乱。

不逛"乌有乡"，我还不知道自己兴趣广泛。我又买了几本书，接着浏览唱片区，不久还发现有各种影碟。年少时，我就有收集影碟的习惯，以小国冷僻电影为主，大部分还留在身边，收在柜子内层积灰用。当年，有这癖好的人不算少。

如同其余事物，"乌有乡"影碟琳琅满目。在其中一家店，没翻多少页面，我就发现一些名头如雷贯耳而从来没见过的，且价格都在我接受范围之内，有些甚至称得上便宜，不一一订下，有暴殄天物之感，也对不起自己。但总体数目实在大，重复品种也多，一晚上只浏览了三十页——光这一家店，总共有两百多页。偃鼠饮河，不过满腹，能浏览多少算多少罢，我颇为遗憾地想。我还想起，家里的影碟机已经坏了多年，上一次配新电脑时也没装光驱。的确，数码时代，很多东西网上就能看得到，人们大概很快就不知道光驱长什么样了吧。不过，晚上选的，还是先买回来罢，以后修好影碟机或装上光驱，就可以大饱眼福。

我得说，在"乌有乡"逛一圈，我得到一种许久未体验过的满足感，躺在床上觉得现世安稳，不过凌晨四点，就睡着了。

第二天早上，九点钟光景。恍惚间，我被刺耳的门铃声吵得仿佛已经死去。没人会在这时间找我，事实上，最近任何时间都没什么人来找我。这铃声，大概是从梦境深处传来的恐怖之音吧，我再睡得熟一点，大概才能将之消除。然而，它持续不断地响着，袭击我的耳膜。

我一跃而起，披头散发，扯着一条只穿到膝盖的睡裤去开门，是某家快递员来送我昨天在"乌有乡"订购的书。店家真有效率。我怒气冲冲地签完字，收了货，重回到床上。

让我最愤怒而气不休的并非身体的疲惫，而是某种被"刺破"的感觉，仿佛我是一个绷紧的气球，那铃声是一根针，那快递员是执针人。但眼皮实在沉重，我清醒地意识到很快就会重新睡过去，那个被刺开的破洞，很快就能弥缝起来。希望如此。

睡的确是睡过去了。没过多久，我再一次被相同的铃声吵醒。铃声持续的时间似乎更长，我的反应也更慢。我再一次被刺破，马马虎虎蓄了三格的元气一泄而光。看一下手机，不过十一点。往常，凌晨四点我能睡着，起码要睡到下午一点多。开了门，是另一家快递员来送昨晚我订购的几张影碟。刚刚收书的时候，怎么没想到还有这一出？

眼下，我极需清静。窗外一个婴孩牙牙学语，一辆汽车倒车出库，都能让我火冒三丈，无法克制。幸亏窗关得比较牢靠，帘子拉得比较深，世界听起来还是比较安静而与我无关的。我开了灯，摩挲一阵刚收到的影碟，小心翼翼地摆在架子上。书有精装平装，影碟也有盒装简装。这是一套盒装瑞典电影，深绿色外壳，整齐竖立着，漂亮极了。我想，大概只有我知道它们的价值，"乌有乡"上其他买家都是不识货的，只有我会爱惜它们，而它们也会爱惜我。心绪平衡了，我又倒床上去了，一直睡到近下午五点才起身。梦里看到了一片绿。

醒来时，元气满格，但不能回想那铃声，只能多望一望架子上的收获。我意识到快递问题，赶忙去"乌有乡"看剩下的订单发货了没有，如果没发货，请店主在快递单上标明"下午送货"。

运气不错，剩下的还没发出来。我发消息给店主，店主很快回复，称没有问题，很高兴能为我服务，请我别忘记在收到货后，打个五星，并写几句好评。我对店主说，没问题，十个五星都没问题。顺心之余，我又看了几页货，订了新产品。也去别的店里看了看，订了货，也着重提醒，"下午收货"，合作愉快。

夜里睡得踏实，完全没料到悲剧即将再次上演。第二天九点钟光景，昨天中午给我送货的那位快递员，又出现在门口。他说，我光顾的那家店肯定是分批次发货的，如果是同一个批次，我肯定一次性就能收到，他只需给我跑一趟就好。他的声音里带着无奈与愤恨，我终于按不住火气，指着快递单一个框格里几个因复写而变得模糊的蓝字："下午送货"，大声问道：你没看见吗？下午送货！说好了下午送货！他"哦"一声，不说话了，黑脸离开。事后，我有点后怕：字迹比较模糊，而当时我正处于眼花耳鸣阶段，倒确实看见了那几个字，要是我一顿光火，大吼大叫，手指的地方并没有那几个字或整张单子上都没有那几个字，如何是好？

第三天，快递员似乎长了点记性，一点钟才给我送货，虽然那时候我也没完全清醒，待会儿还是要去接着睡。交接时，我和快递员都不做声。第四天，仍然只九点钟就来。一切似乎都回到原点。我恶狠狠地盯他看一眼，还没说话，他硬声硬气地先开口了，我忘记了！就把包裹往地上一扔，转身走了。我连字都没签上，在门口愣了一会儿，灰不溜秋地关了门。后来，我想到，我有我天造地设般的时间表，他们大概也有他们铁打的日程单，我的强硬要求，亦不啻于对他们日程单的严重干扰。第五天，早上十点钟光景，仍是同一家快递送货，只不过换成另一个快递员，听说另一位今天休息。我虽感到疲累不堪，但也觉得喘过一口气来。完全没有脾气。

与此同时，我在"乌有乡"的订单量直线上升。此外，我还发现了几家与"乌有乡"性质相类的网站，多了比价的机会，添了购物的热情，然而仍无法餍足。我回过头来，到有国际资本参与、知名度更高、顾客更多、以新货为主、价格可能更高也可能更低的大电商那里买东西，他们更老到，有自己的物流网络和售后服务，其中几家还推出"海外购"服务——我觉得我的眼界更开阔了，只不过面前的天地，广阔得使人战栗。我尽量买自己没有的影碟，但一部电影，买不同版本的影碟，也是有其必要性的，专业人士谓之"洗版"是也。更高清的、更多花絮的固然要买，影像比较原始的、版本较早的也要收，人们说，里面往往藏着旧时光的灵晕。我的旧影碟机还没修好——我怀疑它已经根本修不好了，零件不再生产，修理师不再干这营生，最后卖给收废品的也只能得个十块八块——也没给我的旧电脑配个新光驱。我把新买的宝贝暂时摆到架子上，摆不下的，连同一些我买了之后就觉得后悔的，收到箱柜里去。起初还分门别类，但很快作罢，收拢在一处就好。我不知道何时能再打开箱柜，一一品味它们，可能收拢好，从此不再见也不一定。一个意外的收获是，我在网上看片子倒看得多了。我觉得先把网上免费的看完，再看自己花钱收藏的，才符合经济之道。

除了影碟，现在我还大量收集旧电影杂志，国内的不说，英文的也收，后来，法文、日文的看见了也不落下。听说法日电影杂志格调远超英语国家的，虽然我根本看不懂，但起码还会翻上一翻，不很快收到箱柜里去，似乎也能体会那种格调是怎么一回事。我觉得，异国文字并未能阻挡我亲炙这种格调，而是让这种格调变得更高深了，更令人有亲近的欲望了。此外，我对各国唱片也渐渐发生了兴趣，没人喜欢听的尤甚……

不管怎么说，它们都使我愉悦，可以抵挡失眠所带来的小小不快——那，又算得了什么呢？房间里的灰尘味会大一点，可反正会被吃剩的快餐汤汁味给盖过去，融为一体，不分彼此，没什么差。如果说，真有什么愤恨的话，我只愤恨自己钱赚得太少，不能把我想买的东西全部买下。关键时候，得有所取舍。不需要取舍的人生，才配称得上幸福不是？

我认识了更多家快递员。有那么一阵子，不理会我的时间表的快递员都被我看作是命定的灾星，前辈子有仇的。如果有几个包裹是在我睡饱后收到的，我会觉得是前辈子修来的福，偷来的运气。可是，渐渐地，有几位快递员因为固定来，可以说上几句话了。倒称不上是朋友，但我们说的话，的确比我手机里留有号码的几位亲戚朋友说得更多。

有一位相熟的快递员问我，包裹里是什么东西，看上去挺大的，拿在手上还算轻。我说是影碟片。他撇撇嘴说，现在还有人买这东西呀，网上不是都能看到吗？网上都已经看不完了。我笑了几声，打发过去。他说，没准以后可以卖个好价钱。像“你”这样的搞收藏的人还是挺多的。我没对他说，我从来没有再卖出去的打算，我就是想把它们屯在一起，齐齐整整的，看着安心、舒服。后来，又有一位问我相同的问题，我就说是吃的。合理得很，谁不要天天吃？于是，就没有不必要的下文。

有位好心的快递员建议我说，如果我还在睡觉，不想收货，不必理会门铃声就是，他们迟点总要给我送的，不然货没送到，他们也亏。可我不开门，他们还是会打电话给我，即使手机调成振动，也足以把我震醒。反正已经醒过来了，不如早点收了罢。事实上，我自己不也打心底里希望能早点收到？刻不容缓地，最好是在我下单的那一瞬，东西就能从电脑中的几个字、几张图，变成实物，穿过屏幕，跳到我手里，再纳入我的箱柜中，何须要等睡过一个晚上？我想，即使门铃声、电话铃声、振动声统统变成无声，我好像也能听到那声音。因此，即便痛苦一些，我愿意在快递员按响门铃的第一刻醒来，然后再怒骂几声，发泄一下，好像这种快乐且痛的苦境不是我自己造成的，是旁人的错。当然，话还是要尽量说得和气一点，不然他们真生了气，把我的东西搞不见，那我就得不偿失了。我说过，我没有脾气了。这位好心的快递员还跟我说，现在十分流行一种快递柜子，快递员把货物装在柜子里，再发一条短信给买家，买家可以在忙完事情或睡饱后凭收到的验证码去开箱取货，这样一来，快递员和收货人都方便。可惜我们小区没几位像我这样的买家，不然的话，早装上了。不过，据他预测，这一天很快就会到来，柜子也会越装越多的，数都数不清。

可是，到时候即使连货物柜都爆仓了呢……我又起了新的担忧。

此刻，痛苦归痛苦，我相信到最后还是能通过一段段零碎的睡眠恢复元气的。我终究会活下去。然而，事情又有了点变化。

现在，我已摸清几位主要快递员的送货时间表。凌晨四五点睡下时，我一直想着九点钟就有人给我送东西，到时我一定会被吵醒……脑中似乎有一个脑钟，摆在一角，虽然很安静，但像随时都会"叮叮叮"吵将起来，虽然它看上去仿佛永远都不会真正吵起来，炸裂开来，因为我在时刻警惕、提防。因为这警惕、提防，我怎么也睡不去了，睁得眼睛干涩，闭也闭不拢，一直到九点，果不其然东西到了，脑中的警戒声才解除。

我庆幸自己有先见之明，不用再领教那种"气球刺破"之苦，虽然换成一种等待的焦躁，不安，以及似乎散布于每一个角落的疲沓。

九点钟过去了，东西拿到了，我想我终于可以睡觉了……不，等一下，十二点钟还有一拨不是？如果现在睡去，三个小时后我会被再次吵醒，那么，之前的等待就变得全无意义了。说起来，三个小时也不是很长嘛，我可以再等等……送佛送到西，收货收到尽……然而，没有比这三个小时更漫长的时间了。我怀疑在这三个小时里，我身处一个慢倍速率的宇宙中。疲沓在发散，空虚在凝滞：躺在床上，只让自己更焦躁，不如起身走几步……没走几步，身体似乎整个虚脱了……坐电脑前看一点东西，字符、画面如跑马灯般，在眼前晃过，全无意义。茶、咖啡、烟，统统失效。或许，喝点酒，会舒服一些？迷糊之中，一个尖锐的念头划过脑际，如果我估计错误——以前不是没发生过——不是十二点钟，而是下午一点钟送来，那可怎么办？铁打不动的时间表，也会出现误差、漏洞。我们生活在一个密闭、漏洞、补丁的世界里。打电话过去，尽量让舌头不打结地问话，可快递员的回答往往含糊，十二点或一点，他们说，一定会送到。使命必达。最后，的确在十二点，或十二点半就送到了，但我自己的猜疑是如此沉重，仿佛笼罩了一切，那些到手了的货物，也变得不像是真的了，或许，它们没到手时，也不是真的，任何时候都不是真的。也许，我只不过是今天运道比较好一些罢了，还说得上是顺利，明天呢？此刻，我极希望能回到之前被吵醒和再次吵醒之间能零零碎碎睡一会儿的金子般的时光，但我清楚地知道，我回不去了。

我知道这种状况是一种慢性自杀，甚至是一种带点儿理性的慢性自杀。不过，像我这样的"自杀"无趣得很，大概是连报纸逸闻趣事版，也没资格上的。

我开始注意到身体出现的一些小状况：我时常处于一种牙龈肿痛状态。扭曲的梦中，我总感觉有一条舌头在舔牙齿，牙齿摇摇欲坠，而舌头还是忍不住去舔它。有时候牙齿被舔掉了，有时候没掉。或者掉了，重新又长了出来，继续摇摇欲坠。如此循环往复。清醒的时候，我也不断用舌头去舔肿痛的牙龈，牙齿虽然不像会马上掉下来，但的确有松动的迹象，着实令人担忧。

有一天起床时，我发现枕头上，头发一掉一大片，梳头时也掉，梳齿间杂草丛生般。我想，不梳头，大概能减少掉发量，反正没多少人看见，不必在乎社交礼仪，就让它蓬乱着罢，反而有一种忧郁的气质不是？但洗头时也掉。严重时，花洒劲道调小了，光清水从上往下流，也能掉上一茬。现在，网上流行一个口号为"秃头促进生产"的民间组织"秃头会"。一些秃头人士在里面分享症状、经验，讨论治疗方法以及人生未来，我感觉我可能很快也会加入他们的行列。

这还不是最让我烦恼的症状。愤恨恼怒的极点出现在某个夏日的某个时刻：我汗涔涔醒来，发现手机按键竟然不起作用了，按下去全无反应。莫非潮湿空气侵入我的大脑之外，还围攻起坚硬难摧的金属零件，使它们也败坏了吗？一切都全然地败坏了吗？不过一瞬间的事情，我抓起手机，往对面墙上狠狠砸去……倒也痛快！不是什么大事，等我精神好一点儿，可以去网上订购一部新的。

在这一切可见的症状之外，天知道还有什么更深的更密不透风的病症是我不自觉的。说句公道话，似乎不能全怪在失眠头上。如果人生饮食男女各项都是一场大考的话，我不是每一科都不及格？

不如去看医生？还是免了吧。一来，我不信任医生。他们没有什么特别的难以令人信任之处，他们只是和普通人一样令人难以信任；二来，我怕医生一见到我，就宣判我已无药可救，那实在没有看的必要。如果能网购安眠药，我倒想买来一试。我搜索了一下，倒真有人网购安眠药自杀的。但我搜索了很久，都不知道哪里有卖，当然，最后我真的找到，买到的也可能是假安眠药，吃了让你更精神也说不定。我没有勇气再探索下去。

剩余的理智告诉我，不能再这样下去了。我必须发起一项阻断行动。

网上很多人说，治疗失眠，其实很简单，只要铆足劲儿，坚持整个白天不睡觉，晚上自然就会睡过去。此后，只要保持相同的作息时间就行了。听起来，的确是简单明了，像模像样，之前我怎么没想到？如此一来，不仅可以治好我的日夜颠倒，还能让我变成跟大部分人一样的人，在白天轻松收快递，晚上好好睡觉，发黑夜梦才是正经事。

第二天，我下午四点睡去，凌晨三点醒来。过完一段清醒期，喝了好几杯速溶咖啡，我就想扑倒在床上，一睡了事。其间，我做了好些分散注意力的事情，最后发现都不如死磨死磕，挺着具僵直的身体罢了。一直挨到晚上八点，我才上床。我想，终于，我快要彻底解脱了。今天是历史性的一天。从凌晨三点到晚上八点，十七个小时过去，我必定能一鼓作气、酣畅淋漓地睡到明天早上六七点，然后，到晚上八九点再睡下去。一切都将恢复正常。我还会是这世界上的人。

我醒过来了，精神奕奕，但窗外还黑着。大概不过早上五点吧，比预料的早一点醒来。不打紧，不差这一时半会儿，太阳快出来了。一看手机，不过凌晨一点。那一刻，不夸张地说，有一种天崩地裂的感觉。但精神好是事实，我起床，开电脑，看一部电影，心想大概能熬到九点钟，收第一批包裹，然后再睡。只能如此了。凌晨四点半时，电影还没看完，我哈欠连天。这样也好，大概能再睡三四个钟头的回笼觉，我就补足了精神——阴差阳错，这不是跟原计划差不离吗，于是欣喜地又上床了。这一觉睡得昏天黑地，醒来时已经早上十点半。又过头了。罹患失眠症的同时，我显然也得了嗜睡症。一种有关失去的病症，加上一种有关囤积的病症。

也可能是我下的药还不够猛，应该熬到晚上九十点钟再上床的。接下去两次，我熬了近二十个钟头才睡下去——有了前一次经验，煎熬的痛苦并未减少，而是加倍了——但都是凌晨一二点就醒过来，清醒一阵，接着又是一番长眠不醒，隔天中午十一点半、十二点半时才有知觉。我知道我的阻断行动已告失败。

但并非完败不是？至少我发现，每次我迟睡两个钟头，都能迟两个钟头醒来。中间那一次醒觉，差不多是一个贪睡的普通人睡一次午觉的时间，只不过我的午觉是在午夜时分睡的，而且对精力恢复作用不大，更像是种拖累。阻断行动，不能一刀切，要慢慢调理。这样一种缓慢的延迟，如果能通过一个"小周天"，最终或能大功告成：今天我十点钟睡下去，中间醒一会儿，隔天中午十二点半再醒，第二天我大可十二点钟睡下，中间醒一会儿，隔天下午两点半再醒……以此类推，我还将在下午四点半、晚上六点半、八点半、十点半，凌晨十二点半、两点半、四点半醒来，最后到早上六点半醒来。整个过程，大约需花费十天时间。问题是简单的，仿佛是道小学生都会做的算术题，一目了然。在这十天，我要断绝网购，实在熬不住，可下一两单解解馋。多下几单，好像也没关系，暂时不付款，累积一下，"疗程"后半段，我白天醒着的时间比较多。整个"疗程"失败了也无妨，每天多熬两个钟头，比一次性熬二十个钟头人性化，难度系数降低许多。我说过，我还是有理性的，我没疯。

事实上，只花了九天时间，我就成功地在下午五点钟睡去，早上五点半醒来了。中间醒过一次，两个钟头后再次睡去。之后一个白天，我坚持住完全不睡觉。中间还是有累的时候，但并不特别想念床铺。之后三四天，我顺利地调整到晚上七八点睡觉，早上六七点醒来，中间很少醒来，醒来也会很快睡去。阻断计划成功。

没有比那几天更美好的时光了，我觉得自己重返了人间。那种疯魔的停不下来的进度条到这里就快终止了。日出时分，我出去和早餐店的人说几句话；快递员喜欢什么时候送货，就让他什么时候送货；晚上，临睡前，我可以去稍远一点的地方逛逛，适当的运动，对晚上的安眠更有助益。

经过微调，我一般在晚上九点入睡，早上七点醒来。我的作息时间，与那些身体健康、精神矍铄的老年人一般无二。

可是，我的入睡时间越来越迟。没过几天，不到十点，我不会睡去，第二天则在九点钟醒来。我对自己说，这没什么，八九点睡觉太早，十点睡觉正好，第二天九点醒来，对一般要上班的人来说有点迟了，对我来说，则是最佳时间。又过了几天，可能是看多了一点电影，多翻了几页杂志，我十一点才睡去，第二天十点钟才醒来。之后越睡越迟，也越醒越迟。

我突然意识到，这是我的阻断行动的后遗症：一旦启动这项行动，不是我说停止就能停止的。我以为我到了终点站，其实只是经过一个普通的站点。就算真有终点站，也会重新变成起点站，就像一辆绕城公交车，起点站与终点站是同一个地方。

尽管如此，我还是努力做了几次挣扎，但过了一个月，我终究又恢复到凌晨三四点睡去，中午十一二点才醒来。经过几次打扰，我醒来的时间越来越迟，仅余的睡眠再次呈现碎片化状态。

在接下来的四五个月中，我的生物钟一直在循环当中。其中有两个时期，我再次回到朝九晚十的状态，但很快再次消逝。

讲真，这一切到底有完没完了？如果是有什么东西在玩弄我的话，也早就玩够玩腻了罢。或者，我正身处人们传说的无间地狱？原来无间地狱就长这样子，好像也没什么特别怪奇。

气馁之余，我想起尚可实施另一项阻断行动。唯一的拯救是自救，我还是能救自己于火坑之外的。之前，我一直在一个封闭系统内要些小花招，为什么不跳出来，在系统外想想解决办法呢：既然无法固定我的生物钟，我至少可以戒除网购瘾。据说，只要能保证一长段不间隔的睡眠时间，日夜颠倒也没什么要紧，至少比生物钟的完全紊乱来得好。以前在报社，我不就是这样过来的吗？那时候，我是个健康得多的人。

我与自己约法三章：不是不准你买，完全不消费了，你肯定也就不能称之为人了，但一定要控制控制再控制，只买那些真正值得买的东西。其他什么的，就视为粪土罢，终究是与你无缘的。给自己念一段这样的话，的确起作用。一段时间内，我的订单数锐减，害得几个相熟的快递员都抱怨了。抱歉，这是没办法的事情。

零七八碎的东西不买了，真正值得买的东西倒更值得一买了。以前嫌贵的东西，需要取舍的东西，现在都可以拿下来了，即使银行账号的数字天天递减也在所不惜——哪一天，银行数字真的见底了，我才真正得到解放的可能也说不准。那么，就让这一天早点到来罢。这么过了一段时间，我的睡眠质量有所上升。

这是一桩可持续行动，但中间也出了一个小漏洞。有"约法"，就有漏洞，这是近来我体验最深的一件事情。

有一天晚上，我在"乌有乡"拍卖区发现一套不全的原版法国电影手册，这是极难得的东西，是真正值得买的东西，至少对我来说是如此。识货的不多，我以为能轻松拿下，想不到晚上九点时，有人跑出来跟我争。互不相让，一直过了我的心理价位很远，还没能停下来。晚上十一点，价码还在相持上升中。这是真正值得买的东西不是？那么，就要买下来的。我想，如果对方是个早睡的人，那么他会首先放弃，在不睡觉这方面，我比较有优势。果然，十二点时，对方停止出价了，也差不多到了我睡觉的时刻。这时候，我才发现，天杀的卖家不知道哪根筋没搭牢，竟然将拍卖结束时间定在凌晨五点钟，那时候我正呼呼大睡呢。不能从这会儿等到那时候，不然我的整个阻断计划前功尽弃。不过还好，拍卖区设置有"代理竞价"功能，我设置了一个高于目前竞价两倍的价钱，然后关了电脑。

自然睡不着，我给自己做很多工作：今天的成就来之不易，不能因为买几本微不足道的杂志给阻断了。比起那些电影手册来，睡眠才是真正重要的东西。而且，你的竞拍价已经很高了，没人比你高了。五点钟你起不来，人家也不一定起得来。就算起得来，出了比你更高的价格，就让它去吧，让它去吧，不要再执着了……在一片"让它去、让它去"的自我催眠声中，我成功入睡。

猛地，我醒了过来，没半点预兆地，一跃而起。凌晨四点四十八分，手机上如此显示。开电脑一看，对方果然已在线，好像原本就一直等在那里，与我作对。竞价早在三点钟时，就已经超越了我的设置代理价了。无须思量，战斗必须进行到底。再出三四次价，对方没声息了——这下结束得倒快——东西归了我。我心满意足，又倒床上去，出乎意料睡了个好觉。醒来时，我才开始琢磨凌晨四点四十八分时，我是怎么醒过来的？当时，睡着而无梦的我似乎听到了一种切实的召唤，犹如神谕，促我醒来。

这是一个小小的漏洞，对我的睡眠似乎也未造成什么大的影响。近来，我也睡得越来越好了，但我常常想起那道无由来的"神谕"，觉得恐怖。

2017 年 4 月

逛超市学

最长纪录多久没出门？他没算过。谁有空算这个？一个星期总有罢，不然也就没有计算的必要了。

每次过来，母亲都说，他卧房中有股"油气"。自然，不是说他这个人油里油气，甚而沾染了卧房——他要是能油滑起来，母亲倒不必常来了——也不是说，房间有汽油味、花生油味、防晒油味或其他什么乱七八糟油的味道，而是说他久久未换洗的床单、被套、枕头散发的一股子被汗液或其他什么体液浸染的味道。或可统称为"人油"。可能不止床上用品，床脚、窗旯旮也散发这样一股子"油气"罢。母亲也说他的毛巾"油"起来了，意思是他长久没拿毛巾到洗衣槽那边泡一泡搓一搓绞一绞，拧毛巾时手都抓不牢，滑得很。她还说，他衣柜里也有股"油臭"。可衣服明明都在洗衣机洗过又在阳台晒过才堆在衣柜里不是吗？母亲说，准有几件什么衣服，他穿过一两次，并不觉得脏，没洗过又放回柜子里去了。倒不是没有这个可能，他想。再来，是厨房以及卫生间……实在不必说了，母亲无话可说了。对于整套房子没有一个干净点的房间，母亲最后只提一个意见：没事的时候，拿扫帚随意扫一扫，样子看上去就会大不同的。窗户也得多开开，她忍不住又多说了一句。

他没则声。母亲又说，你自然是动都不想动一下的。话里，有一种原谅的口气。他知道，只要自己不说话，就能自动得到这种原谅。得请一个钟点工来，钱由她来出也没问题，母亲说，一个月可以叫上两次，那房子就不一样了，人待着也舒服。他不置可否。他并不喜欢陌生人上门，除了快递员和送餐员。事实上，他也不喜欢母亲一来就打扫这儿，清理那儿。在她动过之后，很多本来他闭着眼就能拿到的东西找不着了。路由器还常出问题。她是一路用扫帚狠命扑打地面上的一切吗？路由器太可怜，命犯扫帚？在重启、整修路由器的过程中，他觉得时间白白流逝了。关于请专业钟点工的事，母亲就算给他留了额外的清洁费，他也不想真的去请。更何况，母亲并未留下她说过的额外的清洁费。

杂物堆满各个房间，或许会叫那不曾来过的清洁工吃惊。弟弟结婚没多久，搬离了与弟妹的东西。一度，房子多了些空间出来。他把书房地上堆叠得太高的书，搬了些到弟弟卧房中，摆在弟妹以前放瓶瓶罐罐的墙桌上，后来，连床底也霸占了。有那么一小段时间，杂物重新区隔出来的空间，看上去有了一种正确的曲线比例度——也就是说，没有哪一种杂乱比这种杂乱更贴合他的心思了。可好景总不长，杂物永远在繁殖中。现在，母亲来的日子，就住在与他的卧房一样杂乱的弟弟的卧房里。母亲开玩笑似的跟他说，要是弟弟住回来，会说你把他的房间给弄乌糟了。到时候，你东西哪里搬过来，还得往哪里搬回去。理智告诉他，弟弟不会搬回来了，但他脑海中总克制不住地浮现弟弟搬回来的情景：弟弟和弟妹，现在又多了个侄子，三人一起站在门口，带着同时也可以装下这房子里的杂物的大包小包。到了那时节，加上他，房子就有四个人了。

母亲来，就是五个人。一道有趣的幼儿园数学题。

弟弟搬出去后，在滨江区买了套房子。侄子现在到了上幼儿园的年龄，是时候考虑小学学区了。二〇一六年九月之前，弟弟卖了他的第一套房子，换了套老城区的新房子。九月之后，价钱就发生了较大变动。虽然，蛰居多年，但数字上几个零的上下翻飞还是颇能触动他。卖滨江房子时，弟弟说，有些东西留给新屋主，有些干脆不要，搬来搬去麻烦。母亲说，丢了可惜，而且为什么要白白益了人家？就都拣过来，放在他这里，虽然她嘴上不停说，这里挤死了挤死了。从弟弟那里搬来的东西计有：袖珍的或许造出来只是给小学生骑的自行车一辆、体积较大的转轮皮椅一张、塑料小凳子四条、立式电风扇一个、颜色鲜艳的洗衣盆两个、已被涂乱的儿童绘本十几册、陈旧的怪兽娃娃五六个、已拆卸的婴儿床一张、婴儿推车一辆、徘徊在保质期边缘的茶叶十几罐……或许还有别的什么他不记得的东西藏在哪个角落里。他自己的换下的旧椅虽磨掉一层人造皮，斑斑驳驳的，可也没扔掉，跟一些废纸箱、饮料罐一起，堆在后边阳台上。收废品的人来了好几次，也没能卖出去。收废品的人说，愿意无偿将椅子搬下楼去。因此，就一直放在阳台上吃灰。过了一段时间，弟弟的旧房交了出去，新房还没装修好，就在外头租了个小套间。从旧房带去的东西无法全部放下，于是又暂时转移到他这里：用暗红格子纹箱装的两床崭新被子、四个没用过的枕头、侄子的一张安全座椅、也是装箱的新碗碟等等。等弟弟住进新房，只拿走了碗碟，其他东西像是生了根。母亲怂恿道，不如开个网店，把不要的东西卖掉一点。他想过这个事情，但也只是想想而已。一天，弟弟的一个朋友正好需要一张小孩安全座椅，弟弟想起他这里还有一张。弟弟他们忙着，只好让朋友亲自上门来取了。拜这样极偶然的机会所赐，房子多出了一张儿童安全座椅的空间。

以前弟妹在时，他能蹭上几顿住家饭。母亲来的日子，就由母亲下厨。现在，他天天叫外卖。母亲说，外边的东西吃不得。你现在时间空，可以回老家待一阵子，就不怕吃坏了。说起来，母亲美味的重油重盐的菜肴，也比外食健康上一些罢？这句称许母亲的话，他没说出口。他回说，没准我可以自己做饭吃。母亲问，你会吗？他反问，有什么不会的？不就是洗一洗、切一切、煮一煮、炒一炒、炖一炖？——噢，还要买一买。这么说的时候，他心下想，没准真的可以去买两本食谱以及营养搭配的书来。母亲有点被逗乐了，但仍旧是不相信。自然，她是对的。后来，买食谱和营养搭配书的念头一直都在，但他从未真正下过厨，煮方便面不算。上一次来，母亲留了个块头不大不小的南瓜给他，让他切来放水里煮一煮当早餐吃。她说，这个南瓜还不很熟，放久一点会更甜，又不会坏掉。母亲把南瓜放在后面阳台那张丢不掉的旧椅下，被四条椅腿用无形的线条框住，形成一个结界。他没再去动过。反正不会坏的，他想。是这样吗？不会坏？弟弟偶尔打电话，发微信给他，叫他去新宅吃饭。他想，不如带这个南瓜去？

母亲、弟弟、弟妹、侄子同在这座房子时，嬉笑、吵闹及一些悄悄话的余音回荡于杂物之间。电视也要开的。他记不清多长时间没去交数字电视费了，也没开通自动扣费服务。什么频道都不能放，购物台还能看。电视购物推销员总吊着一种费嗓子的高声调，时刻提醒你正处于某种亏损状态中，如果再不买的话。但是，一点儿关系也没有，她们说些什么，他都不感到厌烦。他甚至有点喜欢被包裹在这些锐声当中，亏损也好，不亏损也罢。同时，母亲、弟弟、弟妹、侄子也不反对开着没人看的电视。电视说电视的，他们说他们的，偶尔瞥一眼。当然，一个人时，他绝不会想去开电视。有时候，洗衣机会洗上一个下午，好像他累积如许多脏衣物，只为一次性满足洗衣机。洗衣机之声比较动听。

躺久了，坐累了，他就在几个房间里走来走去，美其名曰"房间内的旅行"。他最常走的路线是从书房到弟弟的卧房，再从弟弟的卧房走到书房。有时候，一口气可以走上几十个来回。还有其他路线：从书房到餐厅，从自己的卧房到客厅。偶尔从各处房间到厨房烧上一壶水，到卫生间坐一坐算不上"行走路线"。偶尔，会与什么杂物如没放端正的一张椅子、弟弟装新被的盒箱磕碰到。他不讨厌这种糟乱，事实上，他喜欢穿行在各种杂物隔出的小径中。磕碰一下，亦是好的。他觉得自己的行走，勾画出无数条无形曲线。闭上眼睛，他可以看见在快速镜头下接替、交叉、缠绕的曲线。偶尔，他没事找事，移动房内一些杂物，把一两本书从这个房间拾掇到另一房间，把椅子从哪个房间搬至客厅。或者，反着进行一遍。曲线度发生了小小的改变，房间亦出现轻微变化——就像一个人去剪头发，难以理喻的发型师只花几秒钟，拿起剪刀又放下，貌似只剪掉几缕空气，似乎就算完成了什么工作——这让他的心情舒畅。他甚至能体会到侄子为何那么喜欢搭乐高了。自然，后者是一桩繁复的活动。

但可使用的多巴胺额度总不够。一个月里，总有那么几天不安于室。夏末秋初，这样不安于室的日子越来越多。是忽凉忽热的缘故？总还是热的日子居多。他以为凉快日子就要来了，后来发现还没影儿呢。

如此，就让人轻易愤恨起来。作"房间内的旅行"时，唯有焦躁，什么东西要从腑脏内、血管里、皮肤下冲出来似的。没办法，只好出去走走，好像新鲜空气可作麻醉剂用。

以往，决定了要出门，再决定去哪里，是个问题。他决定出门，总是临时起意。刻下，他脑中迅疾跳出一个明确地点——超市。不是附近的公园，不是以前爱去的酒吧，不是书店，不是新建的巨型商场，也不是和别的什么人一起攀过的矮山，而是超市。

他想，吸引他的，或是某种较平稳的频率所发出的召唤声：差不多半个月，他就要去附近超市一趟。家里的卫生纸、洗漱用品、方便面、烤鸡烤鸭、烘焙糕点、特定的几种水果——是的，他也吃水果。他不光靠在室内逛逛，就自然生成充足维生素。他最爱吃橘子和香蕉。他喜欢一切剥皮就能吃的水果，远胜削皮才吃得的水果——巧克力、速溶咖啡、小桶装牛奶、橙味夹心饼干、火腿肠、葵花瓜子、咸蒜花生、罐装啤酒、可乐等等，均需定时补货。蔬菜、生肉永远不在他的视线内。以上种种，也是构成他房间杂物的一部分，但规律性地一件件消失，只能再去购买它们的"副本"或"幻影"。屈指算来，他上一次去超市，不过四天前的事。现在，烘焙面包、小蛋糕已经吃完了；烤鸡只剩下细弱的骨架，仍存放于冰箱中；烤鸭还有半只，也放在冰箱里，已然生出"冰箱味"，比较难下口了；火腿肠还剩三四包，已撕开的包装膜挂到垃圾桶边沿，像盛开的塑料花；水果大概吃了一个……但他还是决定，再去附近超市一趟，虽然，这样一来，就打破了稳定的频率。

初秋午后，气温仍在三十度以上。桂花香尚未如洪水般侵袭全城。天空有一层淡灰色的薄霭。阳光透过薄霭，似乎经过了一番熏蒸，再到达地面，使周遭愈加燥热。呼吸之间，有一种颗粒感。他把厚棉布格子衬衫袖子挽上去。

走两个街区，就到他平常去的那家超市。楼高五层，超市在第一层，面积还算广大。一层另一部分空间，隔出来给独立的面包店、花店。二楼有家舞蹈室，三楼有一家网咖，他从没去过。

他试图如往常般走进超市，但在门口，便袭来异样感。超市没几个人，熟口熟面的一个收银员正倚着柜台，瞌睡改变她的面容。今天是工作日罢，他想。这家超市，没多少窗户，不多的几扇，也被肉脯区、散装糖果区的装饰墙板挡住大半。这当儿，一半或三分之二的照明灯没开，视线无法铺展到较远的地方，林林总总的物品似乎趁机于暗中偷起闲来，搓手搓脚。空气滞闷，好像，此处并非超市，而是仓库什么的。他不信邪，喜欢硬着来。刻下即便是走到真的仓库门前，也要当假的超市逛起来。

依照惯常顺序，他迅速经过收银台，逛起近旁的烘焙区。他很快找到自己常吃的豆沙馅面包，抓三个在手里，才忙不迭去找购物篮。然而，却不见撒满糖霜的小蛋糕。一连绕两圈半，还是没能找到。他拦住一个戴厨师帽、似乎正在清点数目、脸色黯淡的中年妇女，问怎么不见小蛋糕？她回说，今天的还没开始做，昨天的也没剩下。五点钟以后，再来看看。

可是，每次来这家超市，小蛋糕不是一早就等在玻璃橱窗中候着他吗？

失落感如约定般袭来。他进而想，要是没有小蛋糕，豆沙馅面包也不要了罢。按惯常路线，逛完烘焙区，该去饮料区，然而，他也再没兴趣挑瓶汽水。

硬来，说到底，还是不行。失落归失落，他脸上仍只是木然，但心里的什么东西像涟漪一样，荡了开去。对此，他有过丰富的经验。

豆沙馅面包原本放在什么地方，他照原样放回去。购物篮也放到一个角落。两手拍拍。

出了超市，他看一眼手机，不过十四点二十六分。时间过得好像有点慢。不能回家。这一刻，更不能像败军似的掉转脚头往回走。在他，不管什么地方有了裂痕，总迫不及待要填平。他记起，过一座桥，向西再走三四个街区，有两家不同品牌的、规模更大的超市沿街对视。它们总不至于马虎到大下午的不开灯罢。不必多想，只要有一家开，另一家怎么也不会不开。他去到近旁的公交车站，看了站牌，记下三辆路过的公交车。摸一摸口袋，零钱充足。等七八分钟，三辆中的一辆开来了。时间过得好像有点慢。十分钟后，他顺利抵达目的地。

下站口正好在其中一家超市不远处。超市门口，一辆空的儿童玩具车正发出甜熟的简易电声旋律，上下颠簸着。透过洞开的大门，可以看到一些上了年纪的人正在收银台夹道中排着不长的队伍。更里面的地方，便是丰盛的所在了。这家超市，与他家附近那家分属不同品牌。他没怎么犹豫，就斜穿过马路，到了对面与他家附近牌子相同的超市。三层楼，清一色，都归超市所有。

如他所愿，灯光明亮。四周镶嵌了不少玻璃、镜子、金属壁面。事物展现了在超市里该有的样子。他穿过占据一楼两旁过道的连锁品牌服饰店以及中心区的金饰店，置身于大门相对立的光线稍黯淡的底部，搭上一架速度缓慢的斜面扶手梯。没什么人挡在前头，他走上去，给缓速再加一点缓速。

抵至三楼，迎面撞见的是 3C 产品区；向左拐，是家用品区：床上用具、小电器……有人在榨豆浆；接着是与底楼连锁服饰店风格不同的服装区——大概隶属超市本身——弥漫着一股塑胶拖鞋的味道；隔壁为蹲据长方形楼层一个墙角的文具用品区及儿童玩具区，也有股较淡的塑胶味，可能是服装区飘过来的，也可能是自产的；再往左拐，是洗漱用品区；走到长方形较短一边的另一个直角，被厨房用品所填充；再往左转，直线走四五分钟，就能看见通向二楼的扶手梯了。

他觉得自己像是一个上了发条的玩具鸭子，被驱赶着在光滑的地面上往左转，再往左转，再往左转，绕出一个圈圈。橡胶鞋底与地面摩擦，发出恼人的吱吱声，像是老鼠。超市里有玩具猫，没有玩具老鼠。

一楼跟他没关系；三楼的东西，他暂时不必再购"副本"。他最喜欢的，永远是作为一楼和三楼的夹缝存在的二楼——就是超市故意让你打转转，最后才转到的地方。

从三楼下到二楼，抬眼便是烘焙区。面粉、奶油、糖料及其他什么东西混合、烤炙后的郁厚味道冲鼻而来，将人裹实。兜兜转转，他终又找到烘焙区。这里的烘焙区更大些。他逛荡一圈，没找到与他家附近超市同款的铺满糖霜的小蛋糕。它们不是同一品牌的超市吗？但是，一点关系也没有，他的心绪没出现丝毫波纹。他挑三四个号称用新西兰奶油做的、个头稍大点的方形蛋糕，放到后来才找的购物筐中，角落里总有什么人丢在那里。新买的蛋糕，虽标"新西兰"三字，价格比小蛋糕却贵不了多少，让他起了小小的疑心。

顺着被规划好的路线，他依次买了烤鸡烤鸭各一只，荤菜多过素菜的凉拌菜一份，香蕉五根，苹果一个，苏打饼干一袋，夹心饼干两袋，标注产地为香港的方便面四桶，两种口味的大号装火腿肠四袋，特惠装速溶咖啡一盒，加送 20% 分量的巧克力一罐，瓜子一袋，花生一袋，可乐两瓶，运动功能饮料一瓶。

旋风似的扫了一圈。他再看一眼手机，不过十五点十三分。时间过得好像有点慢。他还不想回去。一楼和三楼都改成食品区，就合心水了罢，只怕仍旧不堪逛。

他盯视购物筐，心想，是否漏买了什么？一眼望过去，只觉购物筐铺了浅薄一层而已。瓶装饮料翘立，似乎期盼更多甜头。但想不起来漏买了什么。不像他牵个小筐，其他人多用推车的，甚至同时推两辆——在他廉价的想象中，如果超市店主或其他什么主儿来消费，准是用上全部的一辆接一辆推车，从门口开始，穿过一楼扶梯，上去三楼，通过二楼，再绵延至一楼，抵达另一个出入口。连接而成的超市推车，像一条七扭八拐的虫豸，又像一条肠镜插管——都装满了，似乎才能勉强说上一句"好了，差不多了"。他再次感到一种失落。或许，他想，可以多买上几瓶饮料。又想，如此，未免太敷衍。保险起见，不如再从一楼逛到三楼，三楼下到二楼，整个复习一遍？因为，想起来，有点让人不安的是：没准，从一开始起，他就像个筛子，流水般漏过，或主动遗弃一件件东西？那些被遗漏、丢弃的东西，如芝麻般撒了一地。灯光明亮，可他就是看不见。从头来一遍罢，他先懊丧地确定这个念头，转而有点欢欣。一楼没有直达二楼的扶手梯，二楼有直达一楼和三楼的扶手梯呀。但是，刻下，他一点不想挪身，在饮料区和收银台之间呆立了好几分钟。那些芝麻早被人捡了去罢，都可以装满整整一玻璃瓶了罢。即便推着数十辆车子，执行"宁可错买，不放过一个"的安全策略，那种"漏买"的感觉也不会消散的罢。

最后，不知道站立多久，他感觉再不决定下一步行动实在不行了，因为，离他最近的收银员时不时就要打量他一下。她一边动作麻利地扫着一束青菜或一盒饼干的条码，一边歪过头来看他。他怕被她误会自己得了什么重症，马上就要过来问候他一声，因此必须动一动了。

　　循一股尚未炽烈起来的烟油味，他决定到烤鸡烤鸭铺附近一家敞开式小吃店坐一会儿。一圈五颜六色的塑料可旋转高脚凳环绕小吃店吧台，他坐一张被挤出队列的高脚凳上。此刻，没什么顾客光临。两个年纪看上去很小的男服务员，一个在备料，一个在擦拭炒铲、煎锅等，并不问离得稍远的他要吃点什么。他转动高脚凳，背对吧台，假装等人。"等"一会儿，他自己也觉得赧然了，于是拉近凳子，开口点个广式炒河粉。男服务员东磨蹭西磨蹭一阵，才端上吧台来。这盘东西，当晚饭吃早了点，当下午点心吃多了点。而且，他一点不觉得饿。没关系，他喜欢硬来。他慢吞吞吃起来，像只为填充时间的罅隙而吃。

　　如同其他很多快餐店出品，河粉味道过咸，但他不想多点一杯小吃店中饮料机里正缓慢搅动、颜色鲜黄的果汁，好像点了，就中了什么计——倒不一定是中人工色素的计。他也不想去开新买的可乐来喝——倒不一定是因为还没付钱。他脑中转的是这样的念头：吃了这盘炒河粉，回去再把上次逛超市留下的尚放在冰箱里的半只烤鸭吃掉，晚餐就算对付过去了。刚才买的东西，今天就不去碰它们了。不错的安排，他自我夸赞。他感到一种丰足感，感到一种持续消耗之中的精打细算，一种荡开的涟漪的暂停。

　　他仍旧坐着，望着眼前一排排货架，觉得正置身一条好像流着奶与蜜的河川，他只取了一瓢饮。这一刻，到他手里的，切切实实，就是他的了。尽管，他知道，到最后也要埋到五脏六腑或别的什么鬼地方去的。

　　吃完炒河粉，差不多十六点。超市里人开始多起来。他觉得某种仪式已然完成。不必再逛，可以回家了。

时间终于又快转起来了。晚上，他坐在书房电脑前，窗外干燥凉风似能吹走电磁声。那种有什么东西要冲出血管的感觉，一时压服住了。二十一点，看完一集美剧——对他来说，电脑是电视台——他没能坚持住"明天再享用"的命令，吃了新买的烤鸡半只，火腿肠半袋，外加两根香蕉，以作中和。不过，晚上吃的火腿肠是上次逛超市的余货，不是今次战果，因此，稍稍抵掉一些罪恶感。二十三点，带着沉甸的坠胃感，他上了床，一夜好睡。

第二天，直到傍晚，他才又坐不住。由此，他估摸逛超市一次带来的"放风"效果可维持多久。长期的有规律的"放风"后，能否维持同等效果，他吃不准。

他在家附近小店吃过一碗面，才坐同一辆公交车去了同一家超市。不同时段，不同风景，好像接续上了昨天他离开时的画面。

超市二楼灯光似乎更亮了。被灯光晒出头油味的——照母亲的说法，也是"油气"一种——可不止他一人。人们成双成对来，拖家带口来。当然，也有像他这样，孤家寡人逛。他和那一个一个的，或都有片叶藏身树林的感觉罢。而且，好像这一片一片的树叶不是随风从别的什么地方来，而是这林子的"自落叶"，自有一种合法性。他们这些"自落叶"，和其他所有人，和他们头顶的东西，货架上的东西，摊头的东西凑一块儿，组成个合唱队似的蜂鸣器，发出的含混、甜俗声音如波浪般绞缠，分不清这一滴水，那一团泡沫其源所自。各种声音，又像闷在一个装着浴霸的烤箱里回荡。有时候，他能够听清别人说的一句话；更多时候，他接收到的只是一团含混然而颇有重量的声浪。那本来明确的话，在这一整波声浪中，也变得不明确了。超市里人来人往，东西摆上拿下，扫码付钱装袋。原本，事情是怎么个运作法，可以条分缕析，但在这含混中，他无法知道个所以然。可被这含混裹住，他又觉得甜蜜。最后，他得出结论：昨天逛超市虽逛得舒心，却未碰上最好的时候。逛超市，还是这个时间点好啊。他一点也不觉时间过得慢。

从这一刻开始，他原本逛超市或做旁的什么事的频率完全被打破。现在，隔一岔二，他就要逛一次超市。过桥后向西再走三四个街区的超市，成他一时"新欢"。接连去了三四次后，他才"临幸"街对面另一家牌子的超市。他早知道，它们的面貌相似，总是那几样。但总有不同的地方——其他不用讲，一座在道路的这一边，一座在道路的另一边。他后知后觉发现，从这边看，和从那边看，风景大不同。超市内各区方位设置亦不同，刚烤出来的面包味道也不一样。两边都走一走，他得出一些类似这样的好像能开阔眼界的结论。

还有额外收获：这下，总算有点运动量了。不知是否敷用？不管怎样，母亲要是知道，该感老怀安慰罢。只是，她最近一次来，他到底没说自己这阵喜欢到处走走，走出点瘾头来。不然，她准会欣喜问他都去了哪些地方？他实在说不出：超市，超市，还是超市。因此，无法炫耀。母亲来的一个礼拜，他逛超市的频率再一次被打乱，只和母亲一起去过家附近的超市一次。不过，这只是个小插曲。母亲一离开，频率自动恢复。

一天，不知哪儿来的灵感，他想，一趟公交车，坐两三站，两块硬币；坐四五站，两块硬币；一气儿坐到终点站，还是两块。难道，坐两站，过一座桥及三四个街区，便是他可以到的终点站了？反正，时间大把，过得又慢——但似乎又很快——不如多坐几站。哪儿没有超市？以前，他路走比较远。刻下，记忆地图上，尚有许多超市坐标点，如果一一圈出它们的所在，会让密集恐惧症患者犯恶心。于是，那天，在一路常坐的公交车上，他决定多坐几站。

透过车窗，望见两座熟悉的对视的超市掠过，他生出一种"终于把你们丢到脑后"的快感。其中，似乎包蕴了一种恶意，既是对外的，亦是对内的。

最后，他坐到倒数第四站。靠近北郊了。以前，他在附近上过班。他之前不晓得此趟车原来经过此一区。记忆地图显示，这边超市不很多，有一家规模较大。以前，他习惯从这边买了东西带回家。

与其他很多地方一样，整个这一区块，模样变得厉害。的确，都过这么多年了。但也并非一味簇新。他穿新街过老巷，踱了一会儿步，才找到以前那家超市，现在，已成一家4S店。就算记忆不出错，记忆中的事物本身也会"出错"。

他不感到很失落，好像公交车开到半途，就含糊意识到情况生变，因之做好了心理准备。在4S店前站立了三十秒左右，他转身望见右手边百米外一家新的超市招牌。也不新了，只是他在这儿时，没有这家超市。那么，就是新的。走近了看，规模比老超市小一点。他逛了差不多二十分钟，没买什么东西，不久就坐上了回程车。整个过程可以说是惬意的。

回程车上，他凝神望窗框中接连晃过的风景。北郊地带，算是比较熟悉的了，刻下也变陌生；公交车七扭八拐，路过他原本不很熟悉的所在，刻下至多也只与北郊同等陌生。以前，他排斥去陌生地方；现在，他倒有点排斥去熟悉的地方。因此，仍旧可说是惬意的。

他一惊一乍地想：原来还有这么多地方我没去过！算起来，他到这座城市生活，已经超过十年。但原来还有这么多地方我没去过！对这座城市来说，他也还只是个陌生人罢。

现在，他坐在车上，突然生出一种正在其他地方旅行的感觉。某幢簇新的大厦，蜿蜒的房顶曲线，如数字般严整往上爬升而一时无法数清的层级，反光的镜体墙面，都促发这种感觉。切断通往某些感官的电流束，导向其他地方，事情就发生变化。此刻，他不可以说自己正身处北京吗？只要一生发这样的念头，事情就变得如此真切了。同时，亦可说此刻正身处香港、台北，甚或新加坡、东京、纽约，或巴黎……巴黎？哦，巴黎倒有点不一样罢？或者，也没什么两样？想象，似乎也有它无法融进、同要撞墙之处。他忆起件旧事。多年前，他到上海会一个朋友。约好晚上碰头，中午就到了。多出来的几小时，他不知如何打发，只好晃悠一会儿。某处法国梧桐浓荫下，他随意登上一辆鲜红色的公交车。付了高于普通公交车好几倍车费，得到一副耳机后，他才意识到这是辆观光巴士。白脸孔、黑脸孔之外的黄脸孔，多是韩国人、日本人。像他这样的游客，大概是没了。偶尔也上来几个本地人。各种语言混杂在一起。他坐在他们中间，似乎可视作东南亚任何一区的黄种人：既可以是韩国人、日本人，也可以是马来西亚人、新加坡人，或中国上海人。进而，如果一定要夹硬来，说自己是欧洲人，是不是也可以化身英国人、法国人、德国人、瑞士人了呢？或者，是不是既可以是中国上海人又是德国人，既是马来西亚人又是法国人，既是新加坡人又是日本人还是中国温州人呢？这样想着，他觉得自己似乎换过一张脸。观光巴士沿既定路线转悠，晃过很多他之前身处上海时从未经眼的区块。他一点儿也不担心车辆将他丢在一个他完全不知其地的位置上——虽然，路过某些地方时，他会疑惑，这儿还是上海吗——也不怕迷路。他甚至有点期待被抛在异地和歧路上。那副耳机，是用来插在车体固定位置上，听包括中文在内的多种语言景点介绍，他从头到尾都没用上。他在一个满眼新建的旧式台阁以及金发碧眼人士的地方下了车。他从街道的这一头走到那一头，然后从那一头回到靠近起先下车点的地方。街道不长，来回走一趟最多只需二十分钟。他只走了一遍。等下一辆相同的观光巴士到来，他再坐上去，延续起先中断的路程，坐到了终点站。如果不算他中途下车晃荡的时间，从起点站到终点站，一共费时一个半钟头，似乎算不上漫长。到最后，他都有点不想赴朋友约了。当然，当天晚些时候，他打的去了约定地点。此刻，他从北郊超市回来，厕身这辆坐着十几个生活在这座城市或暂时路过这座城市的人的公交车上，模模糊糊想起哪个人的哪本书里说过这样一句话：旅行，不是走向新的风景，而是用一百双他人的眼睛来观察，即便面对的是什么旧址——或单单一座超市也行罢，他想。或许，不必去换一百双他人的眼睛——要换一百双，那该有多麻烦——而是自己换过一副眼光来就行了。自然，也不必去换一百张他人的脸，只要自己换过一副"脸色"来。或者，一个更笨的方法，让自己的记性变得差一点，这样重看一件旧事物时，能看出点新意来也不一定。

也可以把那辆观光巴士，当作一座流动的超市，他想。

思绪湍飞。他又虑及：以后，自己也不必专门坐哪几路车，去哪些专门的地方，逛哪些专门的超市。哪一辆先来，就坐哪一辆好了，无所谓的，"盲坐"就很好的。而且，随便到了哪个地方后，不必待一会儿就急着坐回程车。随便到了哪个地方，随便待上一阵子，有没有超市逛也无所谓的，"盲逛"也很好的。然后，随便坐上一辆随便开来随便开走的公交车，再随便在哪一个地方下车。到了哪个随便的地方，将上述程式随便再来一遍……"随车逐流"。

　　这样，短短一段时间内，他去到不少地方。他想，随意归随意，可说到底，他没走出过东南西北四向构成的结界之外。随意之中，总还有些东西在帮着做出决定：在哪一站下车，有时候他依恃的不过是那个站点的读音；什么时候流转到下一个地方，单单因为在此一个地方一连看到了三个小超市或两个大超市，或单纯只是待得厌腻了。

　　现在，他不以超市为特定目的地了，觉得超市也不必花长时间去逛了。但他还去超市的。去到了，可能只是逛上一圈，体验一下被扶梯拖着走的感觉，或只是摆摆正货架上不知被谁弄乱的物品，如同他在家中整理杂物一般。好像他拿起一样东西，丢下一样东西，带走一样东西，也改变了超市的曲线。但超市不是目的地。有一次，他抵达一家闻名的、造型像个大仓库的超市，只在外头转了一圈，连大门都没进。自然，他也还得去超市买各种"副本"。他还没有立地成仙，还得吃烤鸡烤鸭、方便面，以及撒满糖霜的小蛋糕。

　　他问自己一个问题：按这种加速中的行走频率，他可在多长时间内，逛完城中所有超市？

　　一开始，生出"逛完城中所有超市"这个念头，就让他获取一种刺激，好像有一桩大事业需要他孜孜矻矻完成一般，好像还有大事业容许他去孜孜矻矻完成一般。不过，理智很快告诉他下面的事实：这座城市的超市数目，或许凑巧在一段极短的时期内不会产生任何变动，呆笨地滞存在那里，等那无聊之人去逛遍，去"集邮"，去"打卡"。那么，如果能抓住这极短的一段时间，无聊之人或许是可以逛遍城中所有超市的。但是，那个数目，时刻处于变化中不是吗？它处于无止境的自我繁殖的状态中，那么，他的工作就要无止境地进行下去。这很可怕，但还不是最可怕的。最可怕的是，那些他还没去之前就已灰飞烟灭，已被替换的超市。北郊那座消失的超市，自己毕竟去过。其他的，他没看见过它的起也没看过它的落，都跟他没丁点关系。这样已然湮灭的超市，也是不可计数的了。因此，他的"逛超市"事业，永远处于"未完成状态"。只这一座城市，已经够他看到如此终局，更不必想这一座城市，站在大气层外看，只是一个看不见的微末之点。还有其他无数个看不见的点。想到这里，他感到恐惧。恐惧，让他有了方便的重新蜷缩的借口。可有了方便的借口，就能方便地行事了吗？好像也不能。到头来，连逃避，也成了件困难的事。最后，他得出下面这种不知道算不算自我安慰的想法：还好，还好，超市的面目相似，它们的差异可以假装看不见。一叶知秋。可这样，原本所谓的大事业，就不能称其为大事业了。或许，只能称之为一桩障目一叶的事情。还好，总算还有件事情可做。

虽说是桩小事情，但也很难干好罢。他发现，自己有意无意避开某些区域。

滨江区，他是不太想去的。弟弟新房子所在的城区，他也不想走一遭。一晃进那片场地，脚底踩的什么，都软将起来。

有一天，他觉得好歹逛了许多超市，积累了点底气，便强迫自己到弟弟新房附近晃一晃。弟弟新房前后左右，上下四旁，都有大小不一的超市。他对自己说：现在，只拣上三两家逛逛罢，其他，待以后再补。这样，似乎分散了潜在的风险。不过，即便如此，他想，还是要做好万全的准备：要是在某一家超市，不意撞上弟弟、弟妹，甚或小侄子一个人，或他们三人，或他们中两个人，该如何应对？如果，母亲恰巧待在弟弟那儿，也跟着去超市，那么，以上组合又会发生变化。眼下，他脑中自动生成各种对话、应答、图画——事实上，自动生成芜杂的想法，也是他走路、逛超市、搭公车时的主要活动。他之所以逛如许多超市，或只为生成此类想法；与此同时，消灭此类想法，也是他走路、逛超市、搭公车时的主要预期——他定定神，心想，应该不会在超市碰上弟弟，碰上弟妹的概率比较大。届时，他该对她说点什么？她又会对他说什么？她会不会问他：大哥怎么会在这里？他是不是应该回说：来这一区见个朋友。因为还早，所以进超市随便买瓶饮料。她会不会很快在脑中搜索一遍他在这一区有什么朋友，而她是不是认识这位朋友？如果她得出结论说，她不认识这位朋友，或认识这位朋友，或意识到根本不存在这样一位朋友，会分别说些什么？不管怎样，他都要让自己的脸皮再厚上一层。或许，她不会说什么，只会笑笑。她正在逛超市呢，正在买东西呢，不能就这样被打了岔而停下来。或许，她只会对他说一句：有空到我家坐坐。接着，自行逛她的去了。她会逛蔬菜区、生肉区、冰鱼区。而他，也不能因为碰上了她，就草草完成逛超市任务。他应该比预先计划好的再多留一阵，即使最后在收银台还要与弟妹碰一次头，也可以再寒暄几句，然后一起下楼，挑一个与弟弟家相反的方向做与不存在的朋友的约会地点。

然而，真实情况是：他逛了好几家弟弟家附近的超市，没遇上一个熟人。也是，城市如许大，不止弟弟一家。且他去时，挑的都是"夹缝时间"。

来这片区块前，他琢磨来琢磨去，就是没琢磨出最后要是没遇上弟弟一家的景况。起初，他为可能碰上他们焦灼；现在，他为没碰上焦灼。要么，干脆以后就不去那边超市了，毕竟已经走过，可以交差；转念，又觉得自己缴了械。在一段不短不长的时间里，他整个像只无头苍蝇。最后，颇伤了点脑筋，他得出结论：只能逛更多弟弟家附近的超市，增加危险系数。让危险真正到来，才有解除的可能。就让那只鞋赶快掉下来。再碰不上，只能应弟弟所邀，去到他们家。

事实上，他只多逛了一次超市，就带着时令水果，去弟弟家拜访了，受到比预期中热烈得多的欢迎。不知从什么时候开始，他总低估别人的热情程度。

自认解决了"超市相遇焦虑问题"后，他获致一种久不曾见的圆满感。

一时间，他自觉成了什么"达人"。他知道，现在有很多达人：园艺达人、吃汉堡达人、睡觉达人、囤积达人、用脚趾夹筷子达人、比特币达人、包礼盒达人……现在又多一种，逛超市达人——由他本人作代表。不知现在有多少逛超市达人？未来会不会愈来愈多？他想，他可以写一本叫《逛超市学》的书。这将不仅仅是一木实用之书。

他感到一种愉悦。或许，无须愉悦，能不躁动就好。但有时候，他又觉得，没有这种躁动，他就不称其为他了。有时，躁动的确消失了。

一次，也是坐去往北郊的公交车。天已全黑，他坐在后部左侧第一排座椅上。车内亮着虚弱的寒白光，想看一张在站牌拿到的广告纸也看不清楚。他饿了，计划忍到某站沿路一家之前去过的超市，随便吃点什么。他抬一抬眼，看见前边司机座位后部全车仅有的两张反向座位之一上，坐着个女人。不知道她是什么时候上车的。他前一次朝那儿望时，是有人还是没人？不过，现在，他看到她了。他目不转睛盯着她看。她大部分时间在滑手机，如同车上不多的其他几个乘客。偶尔，她也抬头，看一眼窗外，看一眼正前方。车内，她和他的座位，都处一个较高的水平上。她和他的座位之间，有四五个较低的照顾专座及正对着下车门的折叠座椅。她的视线，有时会下降到照顾专座那边，有时会直达他那里。最初碰上她的目光，他不自觉就看起窗外来。后来，当她的视线绵软地移过来，他硬是摆正了头。他估摸了一下，在整个长约一小时的车程中，他们的目光直接相触了六七次。对视一两秒或三四秒后，她会转开自己的视线，极短暂地望一下窗外，或直接回到手机上。她看见他正在看她吗？他觉得她是没看见的。碰上他的目光的短短几秒钟，她似乎未做任何停留，直接穿透他的眼睛及整个脑部，到达他身后的某个所在。可他觉得，她也并不望向他身后的任何一件事物。而且，几秒之后，她移开视线，亦非感到与他人的目光相逢而感到不适，似乎只是某种处于惯性中的机械动作。他感到愉悦？抑或失望？事实上，两者皆非。他甚或觉得目光的相遇时间太短暂，但并不觉得愉悦或失望。

快到倒数第五站时，那个女人朝车厢后部走来，抓了一会儿扶杆，能看见她右侧脸的轮廓。车一停，她就下去了。他也有跟着下车的冲动，但克制住了。他只加倍收束自己的注意力，投向窗外浓重夜色中的风景。较远处的一盏路灯、附近的一个屋角、并不明亮的一扇窗户、一条小径，诸如此类。

另一天，正在公交车站等候。出神之际，有人突然用力抓了他肩膀一把。转头盯看，是一个不相识的小老头。老头指着某路车的站牌问他，到某某地去，是不是坐这路车？他摇头，对小老头说，的确要坐这路车，只不过不是在这边坐，而是要过马路，到对面坐。整个方向反了。小老头连"噢"了几声，忙不迭走了。某一瞬间，他疑心自己指错路。到那地方去，在这边坐才是。而他则要到对面马路去坐，才能到他的目的地。他又定睛看站牌，小老头刚才所指的某地，在框着红框的此站地名左侧，代表行车路线的绿箭标则往右。他安了心。

另有一天，他在公交车站，左等右等车不来，心想不去超市也罢，于是干脆掉头回家。

2017 年 10 月

毒　牙

　　下午四点多的时候，赵心东从位于大厦第二十七层的出租房摔门出来。再一次地，他决定与李丽决裂。这一回，他觉得自己动了真格。

　　这一回，是因为李丽明确对赵心东表示：她希望与他结婚。李丽说，在一起都这么久了，是时候挑个时间去领一下证。她已查过黄历及星座专栏，未来一段时间里，有好几个适合的日子，不容错过，他们挑一个就好。酒宴什么的，倒可以往后拖拖，没什么大的所谓。

　　赵心东一听，整个人弹起来，旋转椅撞到身后的书架。他一发火，话都讲不利索，一时间，只怔怔盯着李丽。

　　赵心东以为，自己一早跟李丽说清楚了：他们以不结婚为前提交往。如果李丽接受，就同居；否则，便散。他什么都不想骗她。四年前，李丽接受了，没有多的一句话。接下来的日子，这便成二人间一条无须言明以至于仿佛不存在的规条。刻下，李丽怎么不上道起来，非要提到这一茬，搅乱静好的岁月？

　　事实上，赵心东记不很清楚的是：四年前，他对一切都不置可否。李丽明确表示过，她以后是要结婚的，并且得有个孩子。当时，赵心东哼哼哈哈、咿咿呀呀，就过去了。四年来，李丽有意无意，暗示过赵心东不少回。她没有明说，他就有权利装不明白。

这几天，赵心东瞥见李丽的脸色，总觉得她有什么话要跟自己说。依照经验，他知道，她隐忍许久最后却没有吞落肚的话语，危险系数高。因此，在书房时，他多留了个心眼，预备李丽随时闯进来；关灯上床后，他确定李丽已熟睡，才能安心睡去，不然，自己先睡一步，她可能会在不知哪个点儿的黑暗中推醒他，说出早已准备好的话，那滋味可不好受。自然，他也怕她醒得早，在将明未明之际推醒他，因此，势必也要起得比她更早。平常时候，赵心东总比李丽在床上待更长时间，可如今虽然困顿，但似乎被拧上发条，一到早晨六点十来分，他就先醒过来。看着身旁尚闭着眼睛的李丽，偶或，他也窃喜：照这情形，一段时间内，不会出什么事。与此同时，他也禁不住估摸：另一只鞋什么时候掉卜来？

这天下午，鞋终于全掉下来了。虽然早有预备，赵心东还是怒不可遏。这愤怒，仿佛也是提早在预备了。愤怒归愤怒，他说不出话来，脑中却在跑野马：事情不是都说好了吗……太没信义了……她这是在算计我……和他人的共同生活，总是不得清明……说到底，是不是自己太失策了呢……

到最后一定要说点什么的时候，赵心东并不想说废话，说什么自己事业未成，无颜结婚之类——说这些，好像也是自动落入李丽的什么陷阱——而只掷地有声地宣布："不结！"

话音未落，李丽就流下几滴眼泪，申说起她长时间遭受的各种压力、委屈、不公。赵心东扪心自问一下，他对得起她吗？

对得起对不起，赵心东不知道——为什么要回答这类问题？无论答案是什么，一回答，便是上当。

赵心东知道的是，这一切闹剧，必将对他的研究造成严重影响。而研究出什么问题，他一整个人就会不好起来。一时半会儿，怎么也恢复不了。牵一发而动全身的事情，他有过太多经验。刻下，无疑，又进入此一进程了。

二话不说，赵心东冲到卧房去，翻箱倒柜往他的黑色双肩书包里塞东西，像中学生收拾露营所需之物：几件内衣裤、两双不知是否成对的袜子、三件很快被揉皱的衬衫、两件毛衣。他本来还想塞一件外套，但没地方了。他又去到卫生间，拿走自己的牙刷和梳子，插在书包侧边放水瓶的网兜里。其间，李丽都没有进来。

出了卧房，赵心东发现李丽正坐在客厅沙发上，无声地抽咽着，肥硕的胸脯一上一下，一上一下，眼泪倒不很多的样子。赵心东不拿正眼看她，她也并不看赵心东，似乎双方都有点不好意思对视。赵心东快走到门口时，李丽才起身，拉住赵心东的手腕，嘶哑着声音问他这是干什么？要到哪里去？眼泪仍不很多。赵心东不言不语。他在心里对自己说，这回自己是动真格了。李丽的力气终究不够大，拉不住赵心东，于是听他摔门出去了。

李丽来跟赵心东说之前，先在电饭锅里下了米。赵心东摔门出去之际，已闻到饭香味。

上一回，赵心东跟李丽决裂，是因为他的工作问题。

李丽托熟人，给赵心东在一家杂志社找了份校对员工作。李丽说，她是经过考量的。这份工作适合赵心东。她对他没有更高的要求。她是一个知足的人。

不听李丽说多几句，赵心东就以与今次差不多的音量吼道："不去！"同时，心里悲哀地想：她不理解我。

与李丽同居前，赵心东就没干过什么正儿八经的工作。两人还喜欢腻在一块说话那会儿，赵心东颇有点自得地对李丽提过这事。其时，赵心东身上还有点钱。同居的最初几个月，房租是赵心东出的，李丽则买了电饭锅、沙发、书架等"零七八碎"的东西。摆在书架第三层上的两个竹质毛笔筒，是赵心东自购。很快，李丽连房租也一并付起来了。

不确定从哪个月开始，李丽固定给赵心东零用钱。"一个男人，身边没有点钱傍身，是不行的。"她用一种电视剧口吻说道。

数目不能说是大的，好在赵心东的用项也不多：买点烟、备置些个人研究资料，偶尔到哪儿去坐个出租车，在外头吃饭付个账，包括单人或双人的，诸如此类。赵心东不愿费思量在李丽那儿多要点零用钱，惯于固定时间发放的固定数目。如果可能的话，他想，她应该自动给他更多的，他必定欣然接受。发放日期很好记，李丽付房租的同一天。赵心东发现，在这一天，李丽事实上处于一种"双重失血"境况中。有一次开玩笑，他跟李丽说起她的"双重失血"，但李丽并没有特别的表示，她说，早给晚给都是给。赵心东想，事实上，也确实如此，真说起来，李丽是个理性的人罢。可以将这个发现，融入自己的研究之中。

四年过去了，零用钱数目涨过两三回。花不完的，赵心东存在自己的银行卡里。李丽晓得的，认为他有储蓄观念，是件不错的事。

虽然不认为自己欠了李丽什么，但有一个词，时不时地，也会钻进赵心东的脑袋里面："软饭男"。他不知道别人——其他"软饭男"及"非软饭男"们——如何看待这个词：惭愧？骄傲？歆羡？

不齿？在他这儿，所有这些，多多少少，都混在了一块儿。当然，可能也有人是直接称呼他为"渣男"的，赵心东认为这与自己完全无关。

由"软饭男"这个词，他也生出了别的一些想法，例如：

——既然李丽乐于展现她的奉献精神，那么，就让她展现好了。我大方将自己的份额让出，全赠与她。但是，这不是说，我没奉献什么。

——就像那首歌里唱的："你负责美丽妖艳，我负责努力赚钱，如果想倒过来演，我当然也不会反对。"分工明确，就有一种美感。我尽力完成自己一周一次的清扫任务、做爱任务。这是很多男人，很多"软饭男"或"非软饭男"都比不上我的地方。而当我完成这一切之后，李丽就再没有理由来烦我了。这便是那无言的规条。

赵心东拒绝李丽给他找的那份杂志社校对员工作后，李丽忍不住说了些难听的话。两人都有些面红耳赤——真算起来，四年间，赵心东和李丽面红耳赤的时刻并不多，低于平均数字——不经细想，赵心东摔门出去了。

去哪里？是个问题。赵心东在小区晃荡一圈，抽了两根烟。走过他身边的，多是往外推儿童车的老人及下班回来的男男女女。他转悠到马路上。他走一会儿立住了，目光不偏不倚，盯着前方。差不多有十来分钟，他盯视前方一个银灰色金属制双口垃圾箱。人与车及别的什么，作为背景，一一从垃圾箱后面晃过。空气中，尘土味浓重。然后不知怎的，他又走动起来。一抬眼，已走到小区附近一家他以前也去的二十四小时便利店。因为门摔得太快，他忘了带钱包。在店员指导下，他用手机点了杯现磨咖啡——他因此觉得，能和别人连续说上三四分钟话，是件不错的事——在能看见街上风景的橱窗前坐了近半个小时，心突突跳个不停。陆续有人进来买便当，微波炉"叮叮叮叮"响。跟着，去哪里呢？他寻思。要是别的男人遇见类似状况，该会找损友或暧昧对象或另一个情人诉苦罢；或者，到别的什么可供发泄情绪的场所罢，而非便利店。然而他身边没有这种人，也不知道那些地方的门道。他身边只有李丽。他被饲养得太久了。他是心甘情愿的。

最后，赵心东想，早也要回去，晚也要回去，那么，何必自己折腾自己？不如做个诚实的人，早些回去罢。没准，李丽开始担心了。

幸亏，钥匙一直在裤袋里，省却了敲门的麻烦。赵心东进了门。灯没开，不过能看见饭桌上方方正正地摆好了四菜一汤。洗衣房里探出李丽的头来。于是，她提醒他吃饭，虽然比平时晚了一会儿。赵心东伏头，饭扒拉得很快，只专注于面前一盘菜，而不愿意去多夹其他三盘；鱼头豆腐汤，则完全不入他的眼。他害怕一抬头，便与李丽的目光撞上。幸亏，没有发生这样的惨剧。他总觉得，李丽也有与他类似的念头。某些地方，他们可以"神会"。晚上睡觉，他们的头各自撇向各自的领地。他再鼓不起勇气睡书房。

过了一天，他才觉得脸面松软些。李丽上班时，他的心境恢复至往常一般，甚至可以说是舒畅的，而能在书房做点研究了。可饭点时，总要碰头。她比往常更勤勉地下厨。见他快速吞了一碗饭，她问他"还要不要"？如果还要，那么，锅里的，就都留给他。他看她一眼，觉得除了面容忧伤一点，再没别的什么，于是摇摇头，多夹了一些菜到碗里。

此刻，两人算重新正式搭上了线。然而，他并没有雨过天青的感觉，而被一阵突然袭来的软绵拽住，心里空荡荡的。他确信，在这一刻，无论李丽再说什么，他都不会有异议。为避免李丽一项接一项地提出要求，他甚至想干脆来一句，"什么都听你的"，一了百了。如果李丽再提那份杂志社校对员工作，只要再提一次，他就说"好""一点都没问题"，然后收拾心情，第二天一大早让她帮他打好领带去上班。他清楚地意识到，这是自己的一个软弱时刻，一个无尊严时刻。对此，他毫无办法。

某一瞬间，他觉得李丽敏锐地捕捉到自己此刻的心绪，因此，随时都会开口……

等那惊险的仿佛什么事都能发生的一刻过去，赵心东欣喜地发现，经过这几日，李丽亦像是惊惮了，怕多说什么话，会引出他别的謽言妄举来。或只是被他此刻表面的平静所震慑，不想多言。他感到满意，好像劫后余生。

晚上，赵心东觉得，经过这几日持续的沉默的酝酿，自己有必要粗鲁一些，因此格外有力地把李丽往床上推，希冀将她碾压成齑粉。沉默之后，总要放一个"大招"；惊险一刻后，是浪漫一刻。

离开李丽的身体后，赵心东躺回自己的枕头上，心想，如果此刻自己提出什么要求，李丽都是不会拒绝的罢。这是李丽的软弱时刻、无尊严时刻。不过，他觉得自己不是那般无耻之人。某一时刻，一个非常古怪的念头钻进了他的脑袋：我真是个"好宝宝"。

经此一役，第二天，赵心东都没力气做研究了。

不过，做爱的时候，赵心东就模模糊糊觉得，还会有下一次决裂的。下一次，没准会更激烈一点。没准。不过，当时，这个念头也就是一闪而过罢了。

不像梦里常发的疾升或突降，电梯平缓运行着。从第二十七层到底层，进出好几个熟面孔的陌生人。赵心东生出一种终结感。

同时，他止不住在脑里搬演李丽赶不上电梯，一口气爬下楼梯——有一个李丽张着惊恐的脸，晃过二十七个楼梯转角的重复镜头：她的脚步快速踏在梯级上，像踏在呈螺旋状向下的琴键上，但发不出任何声响——刻下已在一楼大堂等他的场景。届时，他要讲些什么台词？

电梯开了门。李丽不在。赵心东迈着不很快的步子，穿过大堂，走到门外。一时间，他觉得，自己的决心，又淬了层铁。让感伤见鬼去吧。

出小区，赵心东忙不迭关了手机。间谍片里，为免被追踪，追求效率的特工连手机也一并砸掉。可间谍片里，特工的手机，跟被老鹰吃掉的"普罗米修斯肉"差不离，砸掉了，需要时总能轻松再搞到一个，都不用钱似的。赵心东砸了手机，不可能生出另一个来。这个手机，是李丽给他买的，以后换张电话卡，还能用的。

他不怕错过任何重要讯息。除了李丽及惯常的骚扰电话，没有重要讯息。

赵心东去到上次驻留过的二十四小时便利店，不理会手机支付优惠提示，购买三串关东煮、两根烤肠、一根奥尔良手枪腿、四个甜腻的红豆饼及两杯咖啡，坐到橱窗前，一扫而光。他是真饿了。从便利店出来时，他又买了两个面包和一瓶矿泉水。矿泉水插在书包侧边网兜里，和牙刷、梳子做伴。

去哪里？仍是个问题。

初秋傍晚，天光仍大亮。便利店外头，有一个公交车站。赵心东仔细看过站牌，好几路车通往汽车站、高铁站、飞机场。不过，一时间，他想不好去什么地方，远的抑或近的？只能先走起来。不夸张地，他觉得正遭逢一个历史性时刻，从此，他将过上真正自由的生活。他不想随便搭上哪辆车，去到随便哪个地方，在这样的一个时刻。他很快决定，先往公交车站东面方向走去，这是他之前偶尔走上一趟的晚饭后散步路线。李丽嫌车多，走另一条树多花杂的小径。没有撞上的危险。

她正在做什么？如果没有跑下楼的话。按照惯常的日程——比如，他已然觉得陌生的昨天——此刻，她已吃好饭，正在洗碗了，不一会儿，就要坐电梯下楼去散步。比起赵心东，她有更多的散步时间。今天，自然不可能如此闲散。这都要怪她自己。饭煮好了，必定也是吃不下，不像他那样有好胃口。可能，仍坐在沙发上号啕，眼泪可是憋了许久的。后悔不迭，咒天骂地？倒不像她平常的风格。可人发了急，什么事都做得出来。赵心东脑中甚至划过这样一幕：她倏地从沙发上起身，奔至窗口，跳了下去。这样比爬楼梯快多了。画面太过真切，他心跳得厉害，惊恐伴随咖啡因在体内游走。从二十七楼坠下，她以何种姿势着地，肉身最后呈现何种状态，人们如何围了起来，如何惊呼，如何窃语，都历历在目。他脑中，自带一个小剧场。

总之，李丽跳楼的可能性高达百分之九十以上。刻下，她已躺在地上。那么，一切都要怪到他头上了，她则轻易逃脱开去。

是否该掉头往回走，核实一下？不管何种结果，他都坦然接受，这点勇气还是有的。可是，不一早跟自己讲过，这次是真的铁了心，怎么也不回去的。一回去，不被地上的李丽甚或电梯里遇见的那些人笑死？他自己也要把自己笑死。而且，仅剩的理智告诉他，以上一切，不过是幻想。李丽那么一个讲求实际的人，怎么会想不开？要死，她也不会让自己死得难堪。他的小剧场马上演出另一场戏：她在擦得锃亮的浴缸里放上热水，撒了玫瑰花瓣，点上香烛，然后裸身躺进水里，在氤氲与香气中，剔透的刀锋划过手腕，殷红的血细细流出，与花瓣缠绕在一块……

况且，她又不知道他是铁了心的，因此，可能还想着跟上回一样，不一会儿，他就灰不溜秋地自己乖乖跑回去，晚上使劲缠绵一番当补数。必定是这样。

他又思及，自己已关手机，如果李丽那边发生惨剧，人们一时之间肯定找不着他的影儿。

可事实上，他虽光顾着想事情，也注意到走过的路上，有多少个摄像头。其实，效率高的话，这会儿，他已被从天而降的人给拦住了，就像是间谍片里发生的场景。没人挡在他前面，说明没发生任何事。

有这样的想法，说明自己到底还是理智的。

心中似乎有块屏幕，此刻，李丽的跳楼系数突突降至百分之十以下，但赵心东仍旧想搞清楚：这会儿，李丽在做什么？正跟女朋友通电话？她有不少知心女友，已婚的或未婚的。或者，除了他，其实她还养着别的男人。此刻，她正在他们那里寻求慰藉。

以前也发生过的，当李丽的一举一动不在自己能方便监控的状况下时，赵心东便发起慌来。他突然想起威廉·布莱克一句诗的中译文来："莱卡怎能睡 / 如果她的母亲哭了？"——"赵心东怎能将息 / 如果不知道李丽在干吗？"

尽管有点儿恼火，但赵心东不得不承认：他和李丽之间，的确给一根无形的线系着。这根线的延展性极佳，尽管他已走了这么多路，也未能扯断。即便最后的最后，证实了他俩的无缘千真万确，也无法否认有这样一根线的存在。他自认是个求真之人，该怎么样的，就怎么样。

转念，又不免觉得好笑：两个人待在一块时，即便冷战着，也有一种安全性；如愿以偿分开了，危险反而增加。

出走之后，他拖延甚久的研究，必定再次受阻。想起来，就令人扼腕，实在是没有办法呀。书房里，还积存着他历年费心收集的所有研究资料，惜乎今次带不走，连带百分之一都没有可能。火气一上来，什么都丢了。

不过，他倒不十分担忧，想来，李丽会帮他保管好。她再搬家，也会一并带了去。她知道这些东西对他的重要性。他脑中开始搬演：多年以后，他回去取这批资料。届时，他必定已有了某种成就——没准，接下来，在缺乏资料的情况下，他能意外做出成绩来——使李丽刮目相看，大感后悔。不然，他是怎么也不回去的，这点志气还是有的。到时候，自己可不能心软。到时候，李丽已成陌生人。

思绪万千，步伐自然而然快起来，似乎仅凭摆动的幅度，便可消余下的怒气。

不知走了多久，赵心东抬眼看，恍恍惚惚一堆房子，一堆人影，以及一堆堆可称为"树"和"车"的东西，或还有可称为"花"的东西。一时之间，眼睛怎么也无法聚焦。

天黑了下来。一堆堆"影子"，都没能挡住他；喧嚣的市声，更催人没头没脑地往前走，都不用张眼看似的。何似在人间。

又不知走多久，赵心东再凝神，发现已过那个作为坐标点的加油站——以前饭后散步，他最远就走到这个加油站。四年间，总共走到过三两回。更前面的路，从未踏足。

今日踩过界。

显明地，仍走在同一条道上，二十四小时便利店出来公交车站往东的那条大道，但悠悠然，赵心东感觉已进入别的什么全然不同的区块。

赵心东看见，路对面不远的地方，又有一个公交车站。他斜穿过去，再次看起了站牌：此处离他出发的那个二十四小时便利店，不过四站——不过四站！但是，时间已经过去了很久不是吗？

他有一种错位之感，觉得满盘皆落索。或者，他鼓舞自己，从一个区块抵至另一个全然陌生的区块，单纯从地理上来说，不一定十分远。

公交车站周边，一股浓重的水泥粉尘味。绕过阔大的透着寒白光的车站广告牌，赵心东朝后头张望，黑暗中，几幢影影绰绰的毛坯大厦，正凛然俯瞰他。不用说，是个在建工地。

赵心东在公交车站待不住，又往前走了点路，看见昏黄路灯下，一个围好的小花圃旁，一块仙人躺卧型长石。走这么久，也不过四站！他坐到长石中间凹下去的部位——相当于"仙人"腰部的地方——从书包拿出先前买的两个面包，配着矿泉水，吃了起来，虽然并不感到饿。靠近花圃、长石，是工地完成度较高的一侧，粉尘味不那么重。透过金属栅栏杆，能看见内里暗中一排疏疏朗朗的树木；一个大坑，大概是什么潭子。他正坐着的长石，以后要刻上辉煌的小区名称吧。

面包吃完，水喝一半，塑料瓶被手扭得不成形，仍旧不想起身。望右手边的去路，一直延伸下去，何处是个头？夜风不很凉。赵心东将书包搂在胸前。刚吃完东西，脑袋有点混沌。他想先休息一下，把事情再想想清楚。

不知有没有记错，银行卡里还剩两万多块钱。一路上，经过好几个银行 ATM，他都没想过停下，去查一下。选择做个浪迹天涯的人，这一点钱，够用多久？一个月？三个月？六个月？一年？说真的，出走后，首要的事务，该是找一份工作罢。刻下，要是在哪儿看见有杂志社招校对员，二话不说，他是会立马去应聘的。此一时彼一时。怕就怕，全世界再没地方，想招校对员了。李丽要是知道，是否会偷着笑？觉得他走了，有走了的好。好像她对他，完成了某项教育。

因之，基于现实的理由，赵心东想：不必去太远乃至杳无边际的地方。这座城市，已经足够大得容纳他；已有足够多的区隔。

关于决裂这件事，坐在石头上的他，也有了新想法：

——是否，我对自己太过严苛了呢？事情想得永远不够深入。事实上，一早就决裂了不是？早在摔门出走之前：当我允许她付房租的时候；当我打定主意从早到晚待在书房的时候；当我拒绝那个校对员工作的时候；当我厉声呵斥她结婚念头的时候……真正的决裂，并不是争个面红耳赤，并不是把门摔得震天价响，更不是老死不相往来。我费尽心思躲着你，你费尽心思躲着我，说明你还在我心里，我还在你心里呢，一如喉里鱼刺，眼中横梁。真正的决裂，是迎面相逢，视若无睹。显然，我还没有达到这样的境界。

——因此，接下来，我要做的是：不浪费一丁点时间，立马起身，以最快速度回到那个地方去——坐公交车也好，搭出租车也罢，就是不再走路了，李丽给零用钱，不就要用在这种场合吗？——坐了电梯，一路向上疾升，进入那套位于第二十七层的出租房，高声对李丽说：我回来了。你还有什么要求？尽管提吧，尽管提吧。反正，没有例外，我都是要回说"不"的。回去，持续不断、铿锵地说那个"不"字,是项神圣的任务!我生而为此。相比之下,那项做了多年的研究,都显得不值一提了。如此,我便明白了:跟李丽在一起,是我与这个世界最后的、唯一的交缠;李丽说的一点也不错,我应该同她结婚,现在,是最合宜的时节。结婚后,我便能更理所当然地消耗她。这是身为"软饭男"的神圣职责!只有在枷锁箍得更牢的情况下,才有打开的可能。虽然,我们并不知道,那个打开的可能,究竟何时到来。说句不吉利的,以后,要是不幸离婚,也没关系,至少我可以说一句:我努力过了!不然,总归令人扼腕。

想到此处,赵心东整个沸腾起来,似乎石头烫得厉害,随时促他弹起来。他又有那种即刻之间要将李丽碾成齑粉的冲动。

可是,事实上,赵心东仍纹丝不动,好像滚烫的石头同时渗出极度浓稠的胶水来,将他的屁股黏得十分牢,动弹不得。

坐在石头上的赵心东,脑中很快响起另一个声音:

——不,不,不!尚未再次对李丽说"不"之前,首先要对自己说几个铿锵的"不"字。少有呀,说明事情有了真正的进展。我对自己说"不",是因为,我要先搞清楚:这样一路滚回去,是还要像以前那样活下去吗?每天都察言观色,看李丽是否在温存之后,冷不丁再提什么新的、明知我必定回答"不"的要求?而且,察言观色期间,我绷紧全身神经,仿佛一戳就破,可还假装什么都看不到,更不能轻易发问,一点都不着紧似的,扮作洒脱,闷着头,什么也做不了,只等她提出那个命定的要求,才能痛痛快快发个火?摔个门?出走一次?回去一次?循环往复?假如,观察许久,到最后,李丽并没有提出那个要求,那么,我就该感恩戴德了罢。这是否意味着:每次铿锵地说"不"之前,总更多次软绵如羊地说"是"?

是，是，是！

　　——之前，难道我没对自己三令五申过：再不能这样下去；这次我是铁了心；不走回头路。等等，等等。是否我的话，不管是对别人讲的，还是对自己讲的，都在放屁？到头来，都奔至相反的方向？话语，不过是话语。从此，我愿臣服。早知如此，何必白白兜上这么一圈，四个公交车站！不如去看电视好过。这算什么呢？这意味着：事情没有任何真正的进展。戏都白演了。所有的一切，不过自我安慰。

　　怎么也起不了身。石头突然幻化成一张水床，怎么坐怎么舒服，甚至促赵心东顺势就躺下，整个塌陷其中。

　　缠斗不止。硬要比较，似乎第一个声音，还理性些，更响亮些。因此，就起身了罢。可是，该死的石头，仍牢牢吸住他。莫非，这是一种征兆，提示他还有别的可能：退而求其次，采取折中方案？

　　再经一番整理、糅杂、思量，赵心东得出结论：首先，无论如何，不能像上回那样，灰头土脸走回去，当什么都没发生过；自然，也无法喜形于色，想着终究要回去，就一下放低所有担子，一泻千里。如要起身，便带着厌恶起身；如要行走，便带着尊严行走。甚至，赵心东突然想到，可以，不沿来时路回去；可以，故意绕一条远路，公交车和出租车都不坐，慢慢走在远路上。走在远路上，让李丽多担心一阵，也赋予他更多空间和时间，搞清楚更多问题。那么，便有了可能：最终，他并不会垂头丧气回了去；他找到了别的出路。这一切，都基于此刻，首先从石头上起身。

　　那么，就站起来吧。赵心东再次命令自己。

　　可是，他仍端坐着。好像他跟这块石头，都不甘心就这么分了开。好像这石头，也是什么七彩宝石，摇身一变，化成另一个李丽。它提醒赵心东：事情就如此清楚、明白了吗？是否，还有别的一些什么，仍搅在一块儿？何必就要搞清楚，不如就这么坐着舒心。

不知过去多久。四周的黑暗更围拢过来。关闭的手机在裤袋里硌得慌。无法做别的判断，但赵心东可通融自己起码开个手机看个时间。开机时间务必要短，别的乱七八糟的信息，一概不去理会。

开了手机，已十点多快十一点，原本一早该上床了，没准已睡死。时间之流，比赵心东想象中流淌得快很多，仿佛与脑中迅疾思绪紧密合拍。

不过，没有任何乱七八糟信息蹦出，虽然，这么一会儿的等待，时间又迅疾跳过去三四分钟。

手机变得跟烫手山芋一般，赵心东忙不迭又关了。他环顾四周：这一区块，人影本来就少，现在，路过的车辆也没之前多了。差不多十分钟，才开过去两辆。他没再开手机，他是估摸着十分钟内开过去两辆车的。没再开过去第三辆。

自己究竟坐了多久？还将坐多久？不远处那几幢毛坯大厦，刻下似乎还在盯视着他，也在帮他计算时间。

专心致志数过路的车辆，像是从什么不透风的密林中暂时逃脱一会儿，让人感觉轻松。他觉得这一刻，自己的思想是清明的。

显然，有一个从混沌到清醒，再从清醒到混沌的过程。或者，整个过程是颠倒的。或者，从清醒到混沌，从混沌到清醒，在他，并没有一个显明的界限，他从来就处于那一团糨糊似的东西之内。在刻下难得的一片清明中，他感到害臊，因为他再次意识到，这一切，就跟小孩子过家家一般。过家家游戏中，一个人吩咐另一个人说：你坐在这里别动。他就坐在这里不动了。

可是，不对，不像过家家。另一个声音响起。他觉得，此时此刻，大概正遭逢自己人生最紧要关头，怎么可能是过家家呢？又或者，过家家，便是人生最紧要关头。另一个声音响起。

电光火石般，赵心东再次想到惊险而浪漫的间谍片。就跟间谍片里常发生的一样：这一刻，一个特工不幸落入敌人的陷阱，正经历严刑拷打，眼看就要支撑不下去，马上泄露所有的秘密，而援军，则尚远在天边。一切都像没了希望，一切都没了选择。可生死关头，总还有选择：是否咬下一早藏在牙齿里、以备不时之需的毒药？

——不咬，看看自己还能忍受多少折磨，看看所谓界限，还能延伸至何处；或干脆就吐露秘密，让敌人送自己上西天；或干脆就吐露秘密，从此过上敌人讲的"只要你全说出来，保准你过上"的幸福生活，虽然可能性微乎其微。

——咬下去，一了百了。

咬，还是不咬？

且慢，且慢。赵心东惊觉：所谓哈姆莱特问题，其实，也不过是个毒牙问题。此外，还有其他形形色色，也都不过是毒牙问题的变体。想到这里，赵心东大大得意了三两分钟，好像解决了一个天大的难题，好像过上了那种可能性微乎其微的幸福生活。

然而，进度条持续不断往前溜。现在，他也面临这样一个毒牙问题，亟待解决……

饵已经放出，咬，还是不咬？

有没有可能，早已咬下了；有没有可能，根本不存在这样一颗毒牙，咬无可咬。

时间虽然晚了，坐在石头上的赵心东并不想打瞌睡。可是，他转而想：这一切，是不是自己做的一个梦呢？虽然混沌，但常常也觉得有清明的部分；而那清明的部分，很快又重归混沌。不过，既然是做梦，总归有解决办法，大不了被惊醒嘛，总会起来的。所以，一切都不是问题。

　　第二天清早，是第一批过来的建筑工人首先发现端坐在小花圃旁、石头上的赵心东。赵心东的头发蓬乱，眼睛紧闭，双手搭在腿上，像以此支撑住上半身，不致塌陷。天光尚未大亮，但也能看出赵心东的面色铁青。早上的风不小，可赵心东像被施了法术，钉牢在石头上，纹丝不动。他整个一副半死半活的样子。起先，建筑工人一点也没当回事。中午，日头正盛，建筑工人出去吃饭，看见赵心东仍端坐在石头上，保持着原来的姿势。不经意的话，就会觉得他是这块石头原本的什么装饰物，或是一棵长在石头上的模样奇特的盛大植物。这时候，建筑工人也并不想过去瞧个清楚，搭个话。赵心东就那么坐着，是赵心东自己的事情。

2018 年 4 月 30 日一稿

2018 年 5 月 9 日二稿

辑 二

恶 童

这些都是二十世纪九十年代中期的事了。记忆是细碎的，很大程度上是不准确的，骗人的。我不敢说它们有什么意义。

首先浮现在脑海的是房子，最重要的事情在此处上演。

相邻十来间一款一式的房子，前后七八排：楼高四层，灰水泥墙，暗朱红漆木门和窗框。巷子平整，不见哪一户凸出或凹进。如果站在半空，会觉得这一区的"切边"整齐。

房屋前门带小园子，杂花绿叶藓苔从墙上窜出，但人们多从后门出入。至少，我们是这样。因之，我对"自家"后门、别人家的前门是熟悉的。

后来，记忆淡漠、变形了，但别人家二楼三楼阳台的石料护栏上幽绿的菱形图案，还有些许印象。当时或刻下，我都不知道嵌料是什么——石英或云母？——就觉得是啤酒瓶砸碎了，拿去粘在墙上的。要砸得狠一点细一点，才会碎成这样一小块一小块。乡下有些房子，独幢，簇新，层数更多，我也觉得这里那里嵌了些啤酒瓶碎片。乡下还有些旧人家的园子，为了防贼，墙顶凹槽插着一枚枚粗大的啤酒瓶碎片，那是砸得不怎么细的。

这不是我的"自家"，也不是赵良仁老师的"自家"。

右手数过来第一、二间房子是一份人家的。男主人顶多三十岁，矮个子，微胖，戴一副黑框玳瑁眼镜。黄昏下班后，他常在后门口逗自家的黄狸花猫。赵老师租了他家右手数过来第二间也是整条巷子右边数过来第二间房子。赵老师本来不戴眼镜的，后来也买了副跟房东款式差不多的黑框玳瑁平光眼镜。

我从没想过住到别人家去，我不喜欢住到别人家去，谁家都一样。这一切，全拜我的数学成绩所赐。从小到大，我的数学成绩都很差。算盘不会打，方程式不会解。我不放在心上。家里人怕我以后连账都不会算。万幸，后来，计算器是会按的。

小学毕业后的无愁的暑假，父母和村里其他几户做生意的人家一起交了笔"集资费"，让我们到乐清城中念书。乡下人可不能轻易吃亏。

住就住在赵老师家——他租来的家里。

其时其地，外地学生作兴寄宿城里老师家中，以小学、初中为盛。有些城里人，大概好学罢，也住到老师家里去。那年夏天，赵老师一共搜罗来十几个城外学生。这成绩，我们是不能勉强给他打个八十分的。有的老师家，住了三十来人，自家就可以开班上堂了。我想象不出，一幢上上下下左左右右都住了小人儿的房子，会是怎么个热闹法。我们是去得晚了，村里有些人，孩子刚念小学，就送去城里老师家的。

赵老师出生于我们的邻村。我们村里人，自以为知道点他的底细——原本他家也就是种田的，跟我们差不离。因此，初次见到赵老师，他那张黧黑的脸，不特别令我们讶异。他家里兄弟姊妹没准还在种田的，但他是得豁免了。他考上师范学校，攀到枝头一根。他进城中，又娶了城里当护士的老婆一个，自己也顺理成章变成城里人，说话带城里腔。人们叹赞不已。当然，也有小小的惋惜：赵老师和他的城里老婆只生了个女儿。而且，显然，不能再生了。乡下人，没有铁饭碗的，倒可以藏着躲着多生几个。有钱的，不怕被罚；没钱的，欠钱也还要生——至少，在我们这里是这样。在这方面，我们乡下人觉得，赵老师这个城里人是吃了亏的。

到底是相熟的，让别人带，不如让赵老师带。我们的家长与赵老师说定，包吃包住，额外辅导，一个学期寄宿费肆仟捌佰元。

小时候，老师问长大后的理想，我说想当个语文老师，得到赞赏；亲戚朋友也问，我也说想当个语文老师，他们不以为然，"当老师能赚什么钱""这有什么前途？"不如跟他们做生意。很多时候，我们乡下的人，是瞧不起城里人的：他们不过吃死工资，我们倒好，这里一个"老板"，那里一个"老板"，野草似的遍地老板。赵老师们的存在，至少让我的理想显得不那么蕙弱。当然，也强大不到哪里去。

赵老师是教地理的。不过，他声称，语文、数学、英语、生物、化学、物理，等等，他都会教。有全科医师，自然也就有全科老师？我家的人，不觉得赵老师是吹牛皮。或者说，就算是吹牛皮，也不觉得怎么样。或许，在他们看来，在赵老师那儿，我的数学成绩没得到提升，而单单学会了吹牛皮的本领，也就值得了。做生意的人，说惯大话，也听惯大话，必定不允许别人谦虚的。我们看不起小模小样的人，最好的人是能把牛皮吹破的人。赵老师不愧是靠近我们这边地方的人，但他还是谦虚了点，为什么不说整家城中都是他开的？——自然不可能是——说是他亲戚或他老婆的亲戚当校长，也是好的。如此，我们对赵老师的亲切感，还会提高几分。

与我一起住在赵老师家的，六七个是同乡，王宝树、马旭他们，跟我同读一个乡村小学。他们的数学可不差，特别是马旭，成绩好得很！但好的数学成绩，也不妨碍他们进到城里，住进赵老师家；三四位是赵老师老家那边的，也是熟口面；还有一对兄妹，来自更南边的一个当时我只听说过名字而没去过的工业镇。这个工业镇以出产电器开关产品出了大名。两兄妹，哥哥叫陈俊虎，妹妹叫陈宝玲。他们为什么读同一年级，不很清楚。

我们听闻了一个惊人的消息：陈俊虎、陈宝玲的父母离婚了。他们的集资费、寄宿费都是父亲出的，但妹妹跟了母亲，哥哥是父亲的。他们的父亲，还给他们找了后妈。每到星期六，兄妹俩不一起走，一个去母亲家，一个去父亲家。他们的父母或许还住在同一个地方，但于彼时我廉价的想象中，他们一个往东走，一个往西走。

他们的事，忘了是听谁说起的。如今想来，总归是他们自己。抑或赵老师夫妇？我更倾向于前者。

其时，对我们来说，"离婚"是一个遥远且可怖的词，电视里都不怎么演的，身边相熟的人，更没有一个胆敢以身试险。无法想象，我的父母离了婚，情况会怎样？我是跟这一位还是那一位？这是一个大问题。

亏得陈俊虎住到赵老师这里了，不然，他每天都得跟后妈待一块儿，想想都让人头皮发麻。

如果我的父母离婚了，我大概是怎么也抬不起头的吧。不过，我要学会当人家提起时，装作若无其事，嘴边挂一丝微笑——好像我并没有失去什么，反而得到了什么。这一丝微笑，是一种胜利的象征。

这是我从陈家兄妹那里学到的重要一课。起初，我觉得他们总归跟我们是不一样的。但是，并非如此。他们若无其事的，看上去跟我们没什么两样。不过，我看出来了，的确还是有点不一样：他们不仅抬得起头，而且头整个是扬起来的，特别是陈俊虎。

陈俊虎有事没事，就爱用"摩丝"抹头，扬起的头还能泛出一层光圈。我们一帮人曾经"较量"过谁的零花钱最多，陈俊虎以不怎么微弱的差距获得了胜利。陈俊虎闲着的时候，就去唱片店买磁带，他是我们中间，唯一拥有松下随身听的人。后来，我们知道了，我们的零花钱，都是爸爸或妈妈一个人给的；陈俊虎是爸爸给，妈妈也给，有两家便宜好赚。谁知道后妈、后爸还会不会给？——原来，父母离婚，还会有零花钱多出来这等好事！而且，再想一想，他的父亲，是城镇里的老板，给起零花钱来，是更大手的吧；我们的只不过是乡下的。老板比老板，气死老板。

或许就是因为这样，陈俊虎说起父母的离婚，不单是不以为意，而且还当作骄傲的资本，眼里不时闪现一种"看吧，我们的父母都离婚了，你们的父母还在一起呢"的神色。

怎么，我们就这样轻易羡慕起来了？

不管三七二十一，我们都住到了这幢房子里。

房子一楼后边是厨房，也是我们出入之地，前面是餐厅及小园子，从园子里可以绕到房东家紧闭的前门。园子里，洗衣槽靠我们这一边，不见房东他们用的，大概在别处还有洗衣服的地方——包吃包住外，赵老师和他老婆章丽华也包洗我们的衣服。关于这件事，不久将有一桩"惨剧"发生；二楼后头是赵老师的书房，我们没怎么进去过，前边是他和章丽华以及女儿芊芊的卧室；三楼后边是辅导室，前面是女生宿舍；四楼前后两边，都是男生宿舍，赵老师村里人住后面一间，王宝树、马旭、我、陈俊虎等人住前面一间。四楼再上去，是一个顶楼阳台。

住到赵老师家，其他人如何我不知道，我虽不乐意，但渐渐就不觉拘束，很快，还有一种整个人解放了的感觉。

我喜欢在城中——不是我们的学校"城中"——晃荡。以赵老师家为中心点，出门，向左走，可以到小超市，到车站，到漫画出租店，到新华书店，到邮局，到电影院，到西塔；向右走，地方也多：工人文化宫、卖《童话大王》的报刊摊、东塔公园、另一家书店、一家我喜欢吃的海鲜炒年糕店，以及一溜街机游戏室。街机游戏室是我最爱流连的地方。我们村也有两家街机游戏室。因这两家游戏室，村里似乎有更多的小学生解不出方程式，更多的无业青年轻易练升了成就感。我母亲经常从游戏室揪我去吃饭。城里，不知有多少家街机室？总之我没数过。我算术不好。我充分利用午休这段时间，去一趟游戏室，偶尔到了学校已经打铃了；周末，如果我没回家，可以花整个下午泡在游戏室中。赵老师从未揪过我。

以赵老师家为中心点，拐上马路，朝右，走至分岔口看见公园了，再向左，一条稍有弧度的不平的水泥路，掠过一幢幢民房及少数事业单位，约十五分钟后，便可看见一条浅巷，左右各一家杂货店，内里，便是我们的学校了。

学校如何？哦，学校不重要。至少，在我们这个故事中是这样。那只是个点卯的所在，如同其他很多地方。

那时节，除却凝滞在一些固定的点上，其他时间我多在游荡中消耗了。不像现在，只凝滞在某些点上了。学校不重要，在去学校的路上游荡似乎还有点我不明就里的重要性。

而且，永远不是一个人在游荡。

上学路上，赵老师家十几名寄宿生，有时分成两堆，有时三堆，有时四五堆。有个别不合群的人骑自行车，会独自一个人走。

不只大路，还有其他三四条小径，需穿越居民区的网状路线，到达学校。中午去，下午回来，不同的片区四歪八叉的小道上总弥漫着油烟味与饭香。有时候，还会与那些人家养的狼狗狭路相逢。不必慌张，不要撒腿跑，它们不会追你的。还有许多或肥壮或贫弱的黄狗。

吃过晚饭了，夜晚辅导前，赵老师允许我们在小区四周逛逛，我们有时候在这时段到哪里买个点心，睡觉前吃，或也抓住机会到街机室晃上一晃。

周末，不回家的同学大部分时间都在外头，想尽快与这座小城打成一片。赵老师也带我们去过几次山间，认识认识自然。没他带，我们自己也去过几次。好像就是在山上，我们互递着，很快吸完了一根香烟。没有第二根了，也不敢去买。

父母或许觉得，住到赵老师那里后，会有一双眼睛二十四小时永不停歇地盯着我们。显然，没有。没有眼睛盯着我们超过几分钟的。几分钟，已经很漫长了。后来，以及现在，我觉得，有时候我们需要被哪一双眼睛盯得更久一点的。

赵老师需要忙很多事情。

刚住到他那里时，仍是夏末。清晨，他去早饭摊买馒头面包牛奶给我们，有时候是皮蛋瘦肉粥，偶尔是撒上葱花油条屑浇了肉汁的糯米饭。后来，他开始自己早起熬白粥，配一点早饭摊式的咸菜、榨菜、花生米、豆腐乳，放碗盘里，比早饭摊上一小碟一小碟装的量多一点。这些咸菜、花生米不一定是买来的，他的乡下亲戚时常送一些来。

我们的早餐，表面上看，跟章丽华没半点关系。我们到来之前，她已离职，每天起来得晚。中饭晚饭，是章丽华打理的，赵老师在一旁协助。我们有点小病小痛，章丽华会给我们吃一些她收藏的药丸。倒没吃坏。她似乎有各种各样取之不尽的药丸。她也时常喂芊芊一勺我们不知道是什么玩意儿的汤剂。芊芊两岁光景，还不会说话，我们没事的时候喜欢逗逗她。

天气开始有点凉了以后，不知道是否因为赵老师那阵子也忙了起来，又或者章丽华带小孩辛苦，他们请了一个外地人保姆，负责我们的饮食，连带洗衣、带芊芊。女生寝室空的地方还多，保姆就跟女生一起住。这段时间，赵老师或许也曾有过一种解放感？

保姆打理三餐时，是赵老师或章丽华或两人一起在旁盯着。一人抱小孩，另一人偶或打个下手。饭煮好了，我们十几个和赵老师、保姆一起在一楼前厅圆桌上吃。吃饭的时候，似乎有什么东西一直在催逼我们，瞠乎其后，鱼肉就被人扫空了。顺着这种节奏，白饭我们也连带着吃得飞快。章丽华带着芊芊在厨房开小灶，坐矮凳子，小桌上可能比我们多一小盘蒸蛋，蒸米鱼，红烧排骨。

没过多少时日，保姆离开了，情况又回转至从前那般。初冬时节，一天早上，不知道是不是咸菜花生米都吃完了，而又未及时补给，配粥没有东西，我们十几个人二十多只眼睛盯着穿着秋衣秋裤、跋着塑料拖鞋、披了件厚外套的赵老师。他急中生智，切了两个大包心菜炒给我们吃。油烟味中，我们注视的目光，钉在赵老师身上，大概是比五六分钟更长一些的。

又有一天，赵老师罕见地起来晚了。我们赶着出门，他没办法，睡眼惺忪到外面买东西。买回来了，不是有些时日未见的油条豆浆面包馒头，而是十几个咸菜饼，一人一个。我们中有些人倒是喜欢吃麦皮摊得有点焦脆的夹蛋丝和碎肉的——赵老师买的是只夹了蛋丝的——芙蓉咸菜饼，平时犯馋，也会自己买来吃，那天早上也未必觉得不好吃，但后来还是把"买咸菜饼给我们当早餐"列入赵老师的一系列"罪状"中去了。

没有对比就没有伤害。马旭的妹妹读小学三年级，寄宿在城里实验小学一位女老师家里。马旭跟我们说，那位女老师家带五六个小学生，一直请保姆的，夫妻俩连同十几岁的女儿与五六个小学生一起吃饭，餐餐有海鲜，隔三岔五吃一次蝤蛑，每人半只，黄鱼儿、对虾、九节虾、虾蛄、蛏子、江蟹就更不必说了，"天天有"。马旭说，这可能跟那女老师的老公有关系。他是温州城里人，在这边上班。温州人，"比较爱吃""比较吃得开"。他这么说的时候，仿佛也沾了点他小妹妹的光，与有荣焉的样子。在赵老师这边，连一般的虾和米鱼都少见，尽让我们吃胖头鱼了。其实，蝤蛑也不是什么了不得的东西，我们在乡下，家里也常吃不是？常常还嫌吃着麻烦，手上沾油而不想吃。我们推给妈妈吃，妈妈推给爸爸吃，爸爸再推给我们吃。但听说马旭妹妹的老师家经常吃，而赵老师这边从未见过它的踪影，便觉得它格外美味，一定要吃上一吃的。

倒吃到另外一些东西。似乎还是仲秋，某个周末，章丽华带赵老师回娘家去了。听说无人寄宿时，章丽华和赵老师是住在章丽华娘家的。那天下午，我们几个人没在外面晃荡。陈俊虎突然喊我们。他在厨房，橱柜门开着。陈俊虎有一种没事就东翻西翻的癖好。当侦探的料？

我们汇拢。陈俊虎指着几盘剩菜旁两条块头比较大的黄鱼鲞上，一溜溜发白青的霉迹。我们想起，中午吃过一条黄鱼鲞的，莫非同出一宗？"恶心！"陈俊虎说。他是中午没吃饱，想来找找有什么可吃的东西，才开橱柜门的，"原来拿发霉的鱼鲞给我们吃的，恶心！"我们纷纷附和他。"刚才，你们是不是看见鱼鲞里面还有虫在爬的？"关了橱门，陈俊虎又嚷。我们并不回头去查证，立马就觉更恶心了，觉得中午吃了很多虫。

晚上，赵老师他们回来，又一条蒸黄鱼鲞上桌了。我们互相瞪着眼，谁也没轻易动筷，倒是赵老师自己吃了大半条，有滋有味。睡觉时，我们躺在床上齐声抱怨，说自己倒霉，怎么住到赵老师家里来了，"我们都住到马旭妹妹老师家里去吧！"但听说那位女老师只收小学生的。

周末回家学给父母听。母亲说："鱼鲞发霉了，洗洗干净，也是能吃的。"能吃的就不要浪费。不过，她也骂，花这么多钱，赵老师就给吃这些东西？父亲说："他人应该还是好的。"母亲说："可能都是被他老婆怂恿的，所以才这样。"

这似乎并非我母亲一人的看法。马旭、王宝树几个人说，他们家里人也是这么认为的：章丽华是主谋，赵老师是一个受控的傀儡。赵老师可恨，章丽华更可恨。

相比赵老师，章丽华要悠闲得多，好像管我们管得比较少。很多时候，她似乎就只是在我们身边晃荡晃荡。只有到了某些"关键时刻"，才能见她跳将出来。现在，还没到"关键时刻"。

四层楼，只有一、二楼有卫生间，在楼梯口边。二楼卫生间是赵老师夫妇自己专用。我们平时洗澡、上厕所都在一楼。简单洗个手，我们都去洗衣槽那边，水劲比较冲。半夜尿急，要下到一楼来。我们男生更多是在四楼阳台上解决问题的。

一楼卫生间的浴缸结了层垢，似乎颇有些年月了。低度数的暗黄灯光下，看上去更加可疑。我们洗澡，只在浴缸外摆张小凳子，放上脸盆，自己打开水来洗。厨房煤炉旁有七八只旧了的黄的绿的塑料壳竖凹凸纹开水瓶。夏末，男生就用冷水浇。

不知道哪一天，哪个人的头发掉得多了点，或被其他什么东西卡住，一楼卫生间开始积了点水。十几个人依次洗完澡，水就漫到脚踝上面。章丽华看见了，口中念念有词，掩鼻而过。赵老师吃了晚饭，光了膀子，拿个水勺俯身舀水，接到抽水马桶里。万万没想到，连抽水马桶也跟着堵住了。章丽华责说了赵老师好几句。

有那么三四天，我们都是在浅水中冲凉，在深水中撒尿的。后来似乎请人来修理过，但没过多久，又堵住了。很长时间内，一楼卫生间都处于水汪汪的状态。

就在一楼卫生间首次被堵那天，陈宝玲半夜三更想上厕所。她想到二楼赵老师夫妇的卫生间里解决。楼梯走到半中间拐角，她看见赵老师房间亮着暗红色的灯光，便不敢动了，木在那里。赵老师的卧房里传出细碎的呻吟声。不一会儿，赵老师端着个大脚盆出来了，去到二楼卫生间。陈宝玲一直忍着，不敢动，也不敢回到自己房间，更不敢发出任何声音。她觉得，可能要一直忍到尿出来为止，事情才会完结。幸亏，赵老师不久便端着空脚盆出来，回到房间，关了门。陈宝玲又等了一会儿，等她完全听不到赵老师房里的细碎声音，才蹑手蹑脚去到卫生间。她差点没能忍住。用完后她没冲水，怕声音太大，吵醒全屋子的人。

第二天，陈宝玲把这一切讲给陈俊虎听了。陈俊虎问赵老师端的是什么？洗脚水吗？陈宝玲红了脸，说哪有人半夜三更洗脚的？陈俊虎又把这些学给我们听了，我们都觉得事有蹊跷。而且，不知道怎么回事，就是认定，赵老师半夜三更端的是章丽华的"洗脚水"，绝无可能是他自己的，仿佛他自己永远不洗脚似的。

陈俊虎又发布宣言："搞毛！以后我们想去二楼卫生间，就去二楼卫生间。"我们附和着，但只有他有这胆子。当然，他去也是趁章丽华不注意的时候。后来我们知道，陈宝玲也是一直偷偷用二楼卫生间。我总觉得，赵老师待陈俊虎陈宝玲兄妹俩好些。或许，是因为他们的父母是离了婚的？

大号，我们是早就不在一楼卫生间上了。不能制造深水炸弹。

从一楼后门口出来，沿人家与人家构成的平整小巷向右走，至巷口出一道铁闸门，过一条小马路，再往前走几步，就到了另外一堆不那么有规则的民宅中的一个公厕。男厕在前边一点，要多走几脚。

公厕非常脏。一排四五个蹲坑，用过的草纸粘在坑沿上。粪蛆蠕动。陈俊虎说，跟那天他看到的发霉的黄鱼鲞上的虫子差不多。当然，我们是没看见黄鱼鲞上的虫子的。有时候去，公厕刚冲过水，然而又冲不干净，最多只能称为"半干净"，但那种湿答答，水在瓷砖沟缝中缓慢地沉降的声音，让那"半干净"，变成了蔓延开来的"三倍脏"。

尽管如此，我们还是带着轻松的心情去上公厕。我们不很怕脏。学校里的厕所也好不到哪里去。学校外头，巷口杂货铺对面、我们的操场边，有两个小垃圾站，也成日价往外头流勾兑过的姜黄色臭浓水，夏天的时候，气味特别大。

在赵老师家，我们一个人想去公厕了，就问另一个人要不要去？另一个人可能会问第三个人……自然要去。我们三五成群上学，三五成群上公厕，好像也是游荡一种。陈俊虎虽然有上二楼卫生间的特权，但也不排斥跟我们去公厕，甚至，也是乐意去的。

去了，不一定有位置，有人要等。等着的人，有时候会没话找话说："马旭你今天的屎特别臭。"马旭不服气，回应道："你的才臭。"或者说："王宝树的才臭。"有时候运气好，一排都空着，我们几个人可以一一选好自己的位置。要好的，相邻蹲着。有人发出"嗯嗯"的声音，陈俊虎说他一定是便秘了，我们在臭气中哄堂大笑。有时候，陈俊虎也会说自己在赵老师家吃坏了，很硬，拉不出来，拉出来还是带血丝的，"我的屁股来大姨妈了"，笑得人差点蹲不稳。其他进出公厕的人，听见我们胡说八道，往往侧目而视，以为碰见了一堆恶童。我们享受这种当恶童的快乐。如果是一个人在家里上厕所，哪有这乐趣。

巷子里的人家也有出来上公厕的。我们奇怪，难道他们家的抽水马桶也堵住了吗？

我走过巷子时，不禁要往其他人家窗口里面望，我也望隔壁房东家的窗口，看上去统统是洁净的。我有一个模模糊糊的念头：如果我们都离开了赵老师家，大概他家也是会变得洁净的。

我们一群人去上公厕，到一楼卫生间拿草纸，如果被章丽华或赵老师看见，便会吩咐我们，用几张就拿几张。节约是美德。一般说来，两张都够了。

有一天，我、王宝树、马旭、陈俊虎一起去上公厕，一人扯了一小叠草纸。正要出门，章丽华正好抱着芊芊从隔壁回来。她冷冷地叫住我们说："你们四个人，用陈俊虎手上的一叠就够了，没准还有多的。不能这么浪费。其他三个人的，放回去吧。"她站在门口，好像我们不放回去就不让我们出去似的。王宝树最急，最先把草纸放回去，我和马旭两人也跟着放了回去。出了门，从陈俊虎手上分了草纸。我和王宝树、马旭只发了一点点火，最生气的是活生生被分去了草纸的陈俊虎。

我们与章丽华的新仇旧恨，统统加在了一起。

在家中，除了抱小孩，章丽华也爱抱隔壁房东家的黄狸花猫。好几次，我们放学回来，看见她与隔壁房东有一句没一句地说着话，又从他手上接过猫来，让它弯在自己臂中。周末，有事没事，她也要丢下芊芊抱猫玩。她和房东，一笑就笑得很大声。

没过几天，我们放学回来，不见隔壁房东，也不见章丽华在后门口扯闲篇，厨房里也还没有声响。那猫倒慵懒地躺在前面人家园子外的荫下，一只爪子伸在昏黄的光中。陈俊虎甩着书包说："猫真讨厌！"

"是讨厌的。"我们附和。

我不喜欢猫，但也不觉得特别讨厌。平日里，也不见陈俊虎有多讨厌猫。事实上，平常的日子里，我们几乎没怎么留心到这只猫。

无半点预警地，陈俊虎走至墙下，单手拎起那猫。猫还没反应过来，就已垂直往地下掉。猫自由落体，尚未着地，陈俊虎跷起脚。猫腹磕在陈俊虎脚上，变了轨道，脸朝上脑壳朝下，不轻不重地摔在地上，滚出了叶荫，尖厉地叫了几声。

陈俊虎跷脚的动作，像是漫画书中不怎么灵活却讨人喜爱的机器人才有的动作。那种笨拙，似乎意味深长。我们觉得很有意思。我和王宝树也有样学样，把跑开没多远的猫又拎了起来，让它掉在我们的脚上，倒栽下去。最后，在它尖锐的呜咽声中，我们大笑着蹿进赵老师家。关了门，就完全听不到猫叫声了。

自从发起第一次"黄狸花猫自由落体运动"后，有一阵子，趁人不注意时，我们都要踩一踩它的尾巴，踢它一脚。我们因此产生了一种快乐。不过，后来，不知道是不是为了保护自己新买的运动鞋，陈俊虎对猫逐渐变得客气、生疏，见外了起来，不怎么踢它。

我们并没听说隔壁房东的黄狸花猫少胳膊缺腿了，它依旧时不时被章丽华温柔地揽到怀中，不像惊惧了人类。或许，它受了些惨重的内伤，肉眼无法看出来？它一只猫独自默默承受着这些伤害，究竟产生了什么影响，无人知晓。

好玩归好玩，开心归开心，我总觉得摸过猫的手，触过猫脊骨的脚，不怎么舒服，沾上了一股子味道，事后总要跑到园子里洗衣槽那边洗洗。

又一天下午，差不多要吃晚饭了，我们都等在桌前，陈宝玲才哭丧着脸回来，身上一股子味道。我们都看着陈宝玲，章丽华也看着陈宝玲。章丽华大概比我们早知道发生了什么事，一脸愠色，但又忍不住撇嘴笑。

是陈宝玲自己用一种平静的语调老实招供的："我把大便拉裤裆里了。"那平静的语调里，只带着一丝丝哭腔。

我们哈哈大笑，笑得最厉害的是陈俊虎。

章丽华领陈宝玲在卫生间里洗干净了，换了衣服。章丽华拿换下来的裤子，手伸得尽可能远地对赵老师说："你去洗吧。"赵老师回说："你去洗。"章丽华说："你去洗，平常都是我在洗。"赵老师说："还是你去洗，平常我也都在洗。"这大概是我们第一次看见赵老师违抗章丽华的指令，可惜，他没能坚持多久，章丽华再说一次"你去洗"后，赵老师就乖乖拿着脏裤子，到洗衣槽那边去了。我们在吃饭，他在洗裤子，一点也不拖延。

我们带着异样的目光看陈宝玲。后来，我们都知道了，她不敢上公厕，似乎被其他女生硬拉着去过一两次。在学校里，她也不敢上厕所。平常，她就像做贼似的，偷上二楼卫生间，虽然我怀疑赵老师他们是知道的。有时候，我不免还要怀疑，她是不是一直忍到周末，回家上的厕所。她似乎有一种强大的忍耐力和掌控力，确保不管熬多久，最终一切都能照她自己的意思按部就班地发生。有时候，我不禁想，她手臂上是不是刻着一个"忍"字？那时候，很多年纪比我们大一点或者跟我们年纪差不多的男生，流行在手腕上刻一个"忍"字，虽然初看上去，很像是青色墨水笔写上去的，会褪色似的。显而易见，很多人刻"忍"字，是因为很多事要忍，刺青本身就是件需要忍耐的事。自然，陈宝玲没在手腕上刻"忍"字，也不可能刻，但这不妨碍她成为一个很能忍的人。那一天，她实在忍不住了。在学校时，她就在忍了，她想她能忍到赵老师家里的。因为要忍，她比其他女生走慢了几步。要是当时有人跟她一起走路回赵老师家，情况可能就会大不一样。关键时刻，她可能会硬拉别人和她一起上随便哪个公厕，死马当活马医。从学校到赵老师家，不同的路线上有好几个干净程度不一的公厕。但她一个人，实在没这个胆量。她倒是有忍的胆量。似乎，一直以来，她都在从事某项秘密事业，然而在这一天，不幸功亏一篑了。她也没办法，她尽了力了。

陈俊虎警告我们，不准再笑陈宝玲了，虽然，那一天，他自己笑得最大声。别人如何我不知道，我想，不用陈俊虎说，我自然而然也不会再笑了。不开玩笑地说，模模糊糊地，我对陈宝玲生出一种敬佩之意。

　　陈宝玲还能忍不少事情。

　　陈俊虎戴耳机听磁带，十次有十次跟着大声唱出来。他从未怀疑自己是当四大天王的料，但我们都听出来了，他五音不全，一句歌里调子换了三四种。再加上他那张自我陶醉的脸，我们实在无福消受。打是打不过他的，也不敢真打。我们并非真的讨厌他。所以，只要他唱起来，我们就扮鬼脸躲远一点。他只当我们嫉妒，反而唱得更声嘶力竭。

　　但陈俊虎当陈宝玲面唱，她好像什么感觉也没有，原来在干什么事，继续干什么事。也是，俩兄妹，她大概是听惯了的。可是，他们不是不住在一起了吗？刻下，陈俊虎跟异乡的我们，厮混的时间反而多一点。陈宝玲这样安静地听着或没在听着，陈俊虎觉得没意思，很快就不唱了，便去找嫉妒他的我们在哪边。

　　陈俊虎还要分陈宝玲一半的零用钱。他们在三楼女生房间门口"讲数"时，被我们听到了。

　　起初，陈宝玲消极抵抗。陈俊虎就给她算了一笔账：他是跟爸爸的，她是跟妈妈的。现在，她的学费、住宿费、集资费统统是爸爸出的——爸爸的钱，以后都是他陈俊虎的钱。那么，换句话说，她陈宝玲现在都在用他陈俊虎的钱交学费、住宿费、集资费。现在，哥哥有急用，周转不灵，陈宝玲把妈妈给她的零用钱分一半给他，算得了什么？再说，上次她屎拉裤裆的时候，还是他劝大家不要笑她的。陈宝玲说："妈妈给过你钱的。"陈俊虎气急败坏，挥手作势要打陈宝玲。"你真是太没良心了。"话说得大声，也不怕我们听见。

陈宝玲再找不出话来说，败下阵来，拿出钱包。两个人坐到了楼梯台阶上，很快分完了钱。

显然，陈俊虎不仅仅是数学学得比我好。

上面说过，我们一帮赵老师家的寄宿生，比赛过谁的零用钱最多。陈俊虎最多。他爸爸给他零用钱，他妈妈也给，现在他妹妹也给了起来。陈俊虎的开销也是最大的。我们总是听见他在嚷：钱不够用啊，钱不够用！起初以为他是扮穷让人家更觉得他富，后来发现，他的确缺钱用。

陈俊虎去一趟附近的小超市，总牵回来一大尼龙袋东西。他喜欢同时吃煎饼、雪饼、仙贝、小馒头。一个星期，他要去三四趟超市，只怪赵老师家吃得糟，吃得不饱。

他买很多磁带。不过他也有他的取舍：大陆的歌星不买。他最喜欢的女明星是周慧敏，他在自己的上铺床头和床尾的墙壁上，各贴一张周慧敏的海报。有一天，他气愤地跟我们说，最近新冒出来一个叫王靖雯的小明星仔，把周慧敏有点打压下去。不过，他不很担忧，周慧敏是最漂亮的。那个王靖雯，根本不是香港人，他是绝对不会买她的磁带的。不过，我们听说，陈宝玲倒喜欢听王靖雯唱歌的。

陈俊虎之所以知道王靖雯不是真正的香港人，王靖雯在打压周慧敏，是因为他买每一期的《当代歌坛》。他的《当代歌坛》杂志叠得整整齐齐，摆在床头，周慧敏的海报下。他不买《童话大王》，也不买《故事会》，后两者是最受我们其他人欢迎的。

他还买很多衣服。老实说，我佩服他可以一个人去服装市场——从赵老师家后门出来，上大马路，往左走，过一座桥，右拐，新华书店附近一大片场地均属服装市场——那是个需要和大人打交道的地方，母亲带我去过。如果那里都是些小孩儿在卖衣服、内衣、皮带、钱包、鞋子，我想我也是可以自己去的。自然，七八岁的小孩儿还没当起老板。这不是令人扼腕的事吗？一想到要一个人去那儿，我就觉得马上要受骗上当被人宰了。不过，我能想象，陈俊虎在那儿如鱼得水，不会着什么道儿。

在陈俊虎眼中，爱往街机室里钻的，才是浪费钱，着了道儿的。往街机"嘴巴"里一个一个接一个地塞"铜板"，不就是摇几下手柄吗？有什么意思？"就是专骗小孩儿的！"说得好像他就已经是大人了。买衣服，显然实际多了。他以后是要当明星的，唱一首歌就能赚一学期的寄宿费。明星都有很多衣服，他现在买这么些，是提前培训自己，给自己投资，明星都是需要培训、投资的——要不是他说，我们都不知道，明星原来也要像我们遭上学的罪一样遭什么培训的罪，不是长得好看就行了吗？陈俊虎又给我们上了一课。

陈俊虎带的行李箱装不下自己的衣服。我们寝室里，也没什么置物柜，只几张铁质的上下铺床。陈俊虎也就一一折好衣服——有时候叫陈宝玲给他折——从床头堆到床尾，形成一个缺了差不多半边的长方形框框。要不是那朝外的一边缺遮少拦，他肯定也是要堆上的。这样一来，他睡觉时，就处于一种被衣服箍住的状态。他喜欢这种被包围的感觉。不过，这个四分之三的长方形的三边并不在同一条水平线上：床尾的衣服，明显堆得比较高一点，好像一座屏障，把睡在相邻上铺的我隔开来。不过，我并不认为陈俊虎看不起我，要把我隔离，他只是想划出一块属于他一个人的天地。

虽然有这许多衣服，陈俊虎还嫌不够。他打起别人衣服的主意。这"别人"，不是每一个"别人"。我们十几个人到城中读书，没分在一个班上：王宝树等几个人和我，分在了三班；马旭和陈俊虎等几个人，分在了七班。赵老师教七班至十二班的地理课。

陈俊虎专打三班人衣服的主意。马旭的衣服，他是不看的。他看中什么，并不强取豪夺，一定叫我们跟他的衣服换着穿。几乎没人不答应的，似乎还暗中期待。我母亲学村里别的妇女的样儿，织了件大 V 领，背后有"O.K."两个赭色字母加两小点的深蓝色毛衣。某日，陈俊虎对它产生了兴趣，他觉得那两个小点很时尚，一定要我穿他的一套白色的袖间带绿色条纹的运动服。我没有拒绝，也没想到自己有权利挑他别的什么衣服。

穿上陈俊虎的运动服，我有了点不一样的感觉，走路轻飘飘的，觉得别人都在看我。我感觉自己又受了一番什么教育。虽然，很快，我就发现这套运动服很久没洗了，领口、袖口一片黑黄，而且有一股浓重的香水兑汗水的味道——陈俊虎有两瓶我们不明就里的香水，似乎可以洒在任何他喜欢的东西上。如果他觉得洒第一瓶不够香，可能还会洒上第二瓶，有更香吗？——味道虽然怪，但我并不想轻易脱下来。他穿我的毛衣，一连穿了好几天——我觉得我的衣服也不一样了——还我的时候，也有那股子汗味加香水味。

他的衣服，从来不见拿给赵老师他们洗。怕被洗坏了？可能。也不拿给他的后妈洗？他自己似乎是从来不洗的。或者，陈宝玲曾给他洗过？或者，拿去他妈妈家里洗？或者，就干脆不洗？所以他买这么多新衣服？因为旧衣服没洗？

当时，我并不觉得，陈俊虎买衣、换衣不只为满足虚荣心，不只为穿上别人的干净点的衣服，他似乎还想展示某种"无限"：你看，有穿不完的衣服呢。每一天，有每一天的款式呢。这里，有一种叫我惊奇的东西。有时候，我又怀疑，他一定要换着穿，并不一定是很想穿我们的什么衣服，而是想让他的衣服被更多人穿上，被更多人看到——他想他的衣服被我们打上主意。

当时，我自然不这么想。当时，我还有理由认定，陈俊虎买这许多衣服，不仅是想当明星，还有别的更实际的目的。

期中考试前不久，赵老师家来了位新人。仍在期中考试前不久，我们就没怎么再见到她了。像数学课上的一道题目：我们这辆从这边开过去的车，与她这辆从那边开过来的车，相遇的时间很短。但我（相信其他人也是，特别是陈俊虎）对她有较深刻的印象，虽然，我已经忘了她叫什么名字。我决定就叫她女阿飞。

女阿飞是八班的，不跟赵老师家的任何一个人同班。她是城里人，似乎通过章丽华那边的亲戚介绍，没有预警地半道来到我们中间。虽然我们读同一年级，但她的年纪看上去比我们大一些。与其他女生相比，模样也不太一样。她有一种随时都好像在说"没什么大不了"的不屑眼神。

她不像我们，没有真正住下来。估摸一下，她似乎想先考察一下赵老师这里，如果合意，可能就住下来，不合意就走。就这么简单。因此，似乎也未曾正儿八经交过什么寄宿费。

下午，学校上完课，如果没别的事，女阿飞就独自一人来，或跟陈宝玲她们一起来。她倒愿意跟陈宝玲她们凑在一起的。来时，她可能已经吃过了，可能没吃过，要跟我们一起吃一顿晚饭。晚上，我们一起在三楼后面的辅导室学习。晚上八点钟光景，赵老师辅导完了，我们的功课也做完了，嬉闹一会儿便可以去睡觉。她也嬉闹一会儿，离开赵老师家。少数几个夜晚，她住在女生宿舍里，那边有床铺多出来，外地保姆又走了。那些夜晚，并没有下大雨刮台风发洪水。赵老师也没什么意见。

在二楼，赵老师有自己的书房兼办公室。我们偶尔在门外瞥一眼，很少进去过。书房窗明几净，好像很少有人待的样子。书架上的书不多，但齐齐整整的，就像一家人。一张红木桌子占了不少空间，钢笔静静躺在金色台架上。赵老师卧室里的家具，似乎都还不如这张红木桌子的。

三楼辅导室里，前后四排桌椅，一排至少可坐五人；挤一挤，可坐更多人。这些桌椅，样子跟学校里用的很像，只是旧点。我们开玩笑说，不知道是不是赵老师从学校一张一张偷扛回来的？我们的书包、课本如摆在课堂似的摆在这些桌椅上。

辅导室前部，一块中等大小的黑板，一张讲桌。桌上几盒粉笔，赵老师每次用好，不管长短，都重新插好，盖上盒盖。我们没事而赵老师又不在辅导室时，会抽出粉笔在黑板上写写画画，然后擦掉。和多拿草纸一样，这也算是一种惊人的浪费了。我们桌椅的侧边，辅导室的通道上，有一个竹质书架，除城中用的课本、参考资料外，还有一些赵老师以前读师范时的教材，以及十来本开本小、字密、人名很长、我们看不太懂的世界文学名著普及本。

原计划，周一至周五晚七点半开始，赵老师分别讲一小时数学、英语、物理、化学、地理——从黑板左上侧一路往下，他用楷体字写明日期及相应课程，框上框框，连着成直角的两边黑板壁，形成一个完全封闭的长方形——如果有非当晚课程的疑问，再个别具体辅导。赵老师认为，语文没什么特别好讲的。当然，有相关问题也可以问他。我很怀疑，一周课程，赵老师是按他认为的重要程度排下来的。我父母必定会赞同他的意见。不过，岔子常常出，扰乱课程表：有陪章丽华回娘家的夜晚，带芊芊上医院的夜晚，亲戚朋友来访的夜晚，原因不能告知我们而只说"你们自习吧"的夜晚。英语夜虚度了，物理夜开了天窗。不错，我们希望这样的夜晚，尽管来得多一些。

最初，赵老师似乎并不希望脱了课程表的轨。但他好像有某种负罪感，缺了堂物理课，还要补上的，但补讲了物理，地理课就要往后挪挪了，一切都要往后挪挪了。而且，偶尔碰上哪一科考试，便要突击哪一科功课，更是扰乱赵老师的秩序。不久，黑板上课程表的字迹都"落漆"了，赵老师也并不想去补一补。后来，彻底混乱，晚上要讲哪门课，好像完全凭赵老师一时的兴趣。地理居多，英语最少。然而，连这点兴趣也渐渐"落漆"，赵老师宣布：笼统地讲一门课，效果不佳，不如针对具体问题具体讲解。大家有问题，就要向他提出来。当然，哪门课，大家的疑问都比较多的，他也可以统一讲一讲。如此一来，必定事半功倍。

不管哪种教学方法，对我来说都一样。赵老师按课程表辅导的夜晚，我脑子里在想其他事情；赵老师要我们拿具体问题具体问他的夜晚，我脑子里也在想其他事情。并不是我一人如此。在等待接收我们具体问题的夜晚，我们统统只是默默的，赵老师自己也默默的。辅导室安静得仿佛能听见窗外的猫叫声。我装作写作业，作业簿下可能是一本《七龙珠》《阿拉蕾》。王宝树则可能看一本竖着的包了书皮的武侠小说，装作看课本。赵老师并未察觉。或许，他并不想去察觉。他坐在讲桌前，也常入迷地翻看某本书，或批改学校作业。间或，他在辅导室走一圈，像是为松一下筋骨；间或，章丽华喊他一声，他出去照料一下什么事情；间或，马旭憋了一阵，拿起书，走到讲座，俯下身子，请教赵老师一个什么问题。赵老师轻声讲解给马旭听，好像很怕打扰我们似的，又像是怕被我们白白听了去。马旭回到座位上后，很少再有人起身。

时间很快过去了。那时候的时间总很快就过去的。晚上九点光景，赵老师宣布，你们好去睡觉了。

女阿飞来的那会儿，赵老师重拾了一小段时间"全科老师"的角色。女阿飞大概每一科都不怎么行的，赵老师想给她全面加强。他是想露一手的。

大概是陈宝玲最早散播了消息。她告诉其他女生及陈俊虎，陈俊虎再告诉我们：新来的女生是个狠角色。上一次，城中的人和三中的人在操场上打群架，女阿飞参与了。女阿飞是学校里一个什么帮的大姐头，成员有女也有男。她似乎有意将陈宝玲也吸收进去，陈宝玲没拒绝，也没答应。女阿飞曾和另一帮派的老大谈过恋爱。她家里生意做得很大，产品销往国外。她父母经常出差，她没人管，自由得不得了。另外，她喜欢王靖雯。这些事情，陈宝玲不知道是怎么听来的，总归是女阿飞自己告诉她的。

女阿飞打群架的时候，我们都没看见。看见过的人，跟我们不是拜把子，不会自动跑过来跟我们说——说起来也怪，操场打群架如此热闹的事，我们从来没看过哪怕一场，都是听人家说起的。

陈俊虎对我们说，他决定追求女阿飞。虽然，她不是周慧敏派，而是王靖雯派。不过，她不像王靖雯剪了那么一个超短的头发，而是像周慧敏，留了飘飘长发——我想，她留这样的头发，打起架来，怕是很吃亏的吧——我们问："如果她不喜欢你，觉得你烦着了她，会不会揍你，或找人揍你？"陈俊虎回答："不怕！这有什么好怕的。"也是,香港黑帮片里,男主角追女主角,往往要被打的。

彼时,对我们来说,"恋爱"跟"离婚"一样,也是一个半只脚不在地面上的词语。我们有点振奋,觉得电影里发生的事情,切切实实在我们周边发生了。我们觉得,陈俊虎买这么多光鲜亮丽的衣服,终于可以大派用场了。虽然不是我们谈"恋爱",我们也觉得与有荣焉,能为"恋爱"敲敲边鼓。我们都佩服陈俊虎,觉得他是第一个吃螃蟹的人,虽然,在赵老师家,并没有真的螃蟹可吃。

在辅导室听讲,有一种未经特别安排而自发形成的景况:女生坐在前排,男生坐后面。仿佛天经地义。女阿飞时不时坐到后面来。于是,也有其他几个女生跟她坐到后面来,坐在男生侧边,或干脆夹杂在中间。因此,前排显得空荡荡的,剩得赵老师形单影只。

陈俊虎有机会和女阿飞近身说话。倒是有话聊,聊哪个男明星演大哥演得像,聊王靖雯,聊要有个性,聊要追求自我,聊最近在放的一部琼瑶剧,聊赵老师,聊买衣服。女阿飞说,她从来不去服装市场买衣服的,她只去专卖店。那时候,城里还没有几个专卖店。陈俊虎说自己都有听说过。女阿飞说,没看你穿过。陈俊虎说,以后要穿的。女阿飞只干笑几声,不再说了。陈俊虎也没再提起什么话头。在专卖店里买一件衣服,大概够陈俊虎在服装市场买十件了。他似乎无法舍此取彼,他对数量有一种痴迷。

后来,有事没事,陈俊虎仍找女阿飞闲聊,把自己的《当代歌坛》杂志借她看,但她并不怎么理他。陈俊虎也就不再多说话了。我们都知道他受了点伤。无知如我们也都知道,爱情总让人轻易就受伤。

女阿飞也给赵老师找罪受。赵老师在上面讲话，女阿飞就在下面讲话。赵老师说："静一静，别说话。"下面就静了一静，少说了几句话。有时候，赵老师问："听懂了吗？"我们说"听懂了"，女阿飞说"没听懂"。或许我们都误会了，女阿飞原是好学之人。赵老师也是讶异，就从头再讲一遍。倒不敢再问一遍："听懂了吗？"当然，因此，他能不能在九点钟宣布"你们好去睡觉了"就成了个问题。我们倒不介意，迟点就迟点。

有时候，赵老师在前面讲，下面鸦雀无声，女阿飞会突然大力往桌上拍笔盒，好像猛地想起了什么事情，赵老师不防备，全身震了一震，定睛望着我们，眼里透着恐怖，女阿飞就说"我在打虫子，这里虫子很多"，搞得赵老师迷惘地朝四周望望。

没几天，再次恢复到"有具体问题来找我解决"模式——赵老师的半放弃半偷懒模式——女阿飞就更欢快了。她没问题问赵老师，有不少问题想与陈宝玲探讨。她一边在指间转着圆珠笔，一边说现在哪些地方好玩，什么东西好吃，要去哪儿买衣服，如何化妆，等等。陈宝玲唯唯诺诺。房间里似乎有一只巨大的虫子不断发出"咿咿嗡嗡，咿咿嗡嗡"的声音，让人想睡觉。赵老师充耳不闻。大概因为我们没什么问题要问，赵老师出辅导室的次数越来越多。他起身，挪椅子，开门关门，回来，把椅子拖到屁股下，也制造了一些噪声。

在城中，赵老师教七班至十二班的地理课。因此，一直以来，我只听马旭他们说过赵老师的一项颇具杀伤力的技能：在他课堂上，有谁乱说话，他就丢粉笔过去，保准射到那人身上。有时候，他背身做板书，后面有人说话，他一转身，粉笔头就丢出去，也八九不离十。如果赵老师是街机《侍魂》《天外魔境外传》中的人物，丢粉笔，或许就是他华丽的必杀技吧。

在家中辅导室，从未见过赵老师施展他的必杀技。我想，可能是他的"怒气值"没升至顶端，必杀技使不出来。也有可能是因为学校里的粉笔用之不尽，他爱怎么丢就怎么丢；家里的粉笔是他自己买的，随随便便丢坏了，又要去买，实在不划算。

女阿飞偶尔莅临吃晚饭的日子，也有好戏上演。

她会在饭桌上一边敲着筷子一边质问："这些东西，怎么吃得下？"赵老师帮厨时她说，赵老师来吃饭时她也说。虽然她说出了我们的心声，但我们都觉得她太不给人面子了。

赵老师的"怒气值"明显上升，他的黑脸似乎更黑了，然而并不说什么。章丽华笑着从后面厨房过来了，叫女阿飞别拿筷子敲碗了，"要饭的才用筷子敲碗。"

章丽华与女阿飞似乎一直相熟的，说得上话。或许，女阿飞根本不是章丽华的什么亲戚朋友介绍来的，而是本身就跟她有点远房亲戚关系？所以，女阿飞的一切没大没小，倒是亲戚之间的一种熟稔、一种玩笑、一种不见外？我们外人哪里搞得清。

章丽华对女阿飞说："你在家里山珍海味惯了，我们这里普普通通，一般般，你怎么能吃得惯呢？"女阿飞对章丽华的话似乎颇为受用，就不怎么说话了，专心吃饭。章丽华又说："要不，你下次还是吃了再来？"女阿飞抬头看看章丽华。章丽华还说："你在这边补习了一段时间，补习费什么时候交呢？要是你在我们这里住下来，多给点伙食费，我们大家都会吃得更好一点。他们都交了的。"章丽华的目光绕台桌一圈。女阿飞学赵老师的样儿，并不回她。女阿飞脸上闪过几次凶狠的表情，但章丽华并不怕她的，好女会跟好女斗。

我一直没搞明白，女阿飞"半路出家"在赵老师这儿上难上的课、吃难吃的饭，到底有没有交一笔临时的寄宿费？她家做大生意的，太有钱了，不会把这一毛两毛的放在眼里。当然，也可能因为只是一毛两毛，干脆全忘了也难说。但有章丽华在，他们理应不会忘的。

一天，吃过晚饭，时候尚早。赵老师还没到辅导室，或许正在帮章丽华洗碗。我们嬉闹着。

既像无来由，又像早有预谋，女阿飞一人走到竹质书架前，抽出一本包了书皮的书来，迅速翻看了几页，大呼小叫起来，好像有什么大事不妙了。我们觉得，能吓到她的事情，必定也能吓到我们。

她走到我们中间，在桌上摊开书来。那一页上，几条简易的曲线勾勒出个赤裸的女体，并不写真，不过，在一些器官上，延伸出虚线，或直条条，或半折成九十度角，标明名称。翻过另一页，是一个男体，也用虚线牵引着，标出各种名称。

有些名称，是我们一早就知道的；有些名称，此刻才知晓，觉得神秘。有些字眼，我们不知道是不是念对了。可惜，并不能去请教赵老师。不知道别人如何，我是觉得那些字眼，比那用简易线条画就的赤裸女体，刺激性来得更大。

女阿飞义愤填膺地对我们说，赵老师收了我们的钱，却不给我们辅导，每天坐在讲桌前，看来看去的，就是这本书，"真是个色狼"。显然，这个被收了钱的"我们"，并不包括她，但并不妨碍她将自己容纳在里面。

我们一阵骚动，特别是女生。收了钱不辅导，我们并不觉得怎样；"色狼"这个词语，荡开了更广泛的涟漪。一时间，辅导室中充斥着"色狼"这个词。男生说得大声而迂阔点，女生说得小声而绵密些。每说一次"色狼"，我们似乎都在咬吞一口什么东西。我们似乎认识了更多的东西。这是一个词的教育。

女阿飞把书放到赵老师的讲桌上。再一次，既无来由似的，又像精心预谋。

七点半光景，赵老师来了，并不觉得异样——我觉得此刻整个房间像个紊乱的内脏，正急切地翻滚着——照常吩咐我们自习，如有问题，就上前请教他。我们打起十二分精神，偷偷望赵老师。一切似乎正如女阿飞或别的什么事物的安排，赵老师轻轻易易拿起桌上那本书，翻看起来。

我们互望着，有一种证实了某桩罪案的快意，窃笑几声。声音有点大了，赵老师抬头看看我们，也不见怪。他是迷糊了的。过了一会儿，赵老师起身走几步。我们伏低头，不想让他看见我们的怪脸色，也好让他以为我们没在监视而该干什么事就干什么事，虽然我们并不知道接下来会发生什么事。

突然，听见女阿飞叫起来了："你盯着我看什么？看什么看，看什么看，有什么好看的！你这个色狼！"我们唰地一起抬起头来，齐整地盯着正走到女阿飞身边的赵老师。的确，他正看着她，又很快换过目光看盯着他看的我们，并扶了扶他的黑框玳瑁平光眼镜。

我们看见，赵老师黧黑的脸涨成猪肝红色，头上似乎正在冒烟。

"你在胡说什么？"隔一会儿，他憋出这句话来。

女阿飞"霍"的一声站起来，凳子朝后"砰"的一声倒了，"你知道我说什么。"她硬声硬气。虽然，某一瞬间，我觉得，说这句话的人，往往并不知道自己在说些什么，我们只当她是知道的。

女阿飞比赵老师矮半截。她伸长了脖子，似乎整个壮大不少。她与赵老师大眼瞪小眼。谁先移开就是谁输了。赵老师先移开了目光。

女阿飞说："我说的就是你这个色狼，盯着我看干吗，有什么好看的？你看你的小黄书就好了，为什么要盯着我看？"她拍起了笔盒，好像拍惊堂木。

赵老师应声怒喝："你在胡说八道些什么。你这个女流氓。你给我滚出去！你给我滚出去！"他一脸受了侵犯的表情，急切朝门口挥着双手。

女阿飞嘴里飞速吐出各种脏话，手上却慢条斯理收拾东西，一件件装到书包里。我们二十几只眼睛一起看她收东西，一点也没乱掉。

好不容易收拾完了，女阿飞还端立着骂了几声。赵老师已经不知道回什么话了。

女阿飞走到过道上，把竹质书架向前翻倒了，差点撞到陈宝玲，一路"色狼、色狼"地叫着，出了门，下了楼梯。我们还听见章丽华在二楼问她："出了什么事？"女阿飞高声回说："问你的色狼老公去！"

辅导室内，书架上不多的几本书，散了一地。那本"小黄书"，倒安全地躺在赵老师的讲桌上，像一件完好的证物。

在赵老师是"色狼"这件事上，可以再添补另一件小小的"证据"或曰"反证据"。

期中考试后——女阿飞离开已一段时间——我们有了段更宽松的时光。在赵老师这儿，什么时候我们过着不宽松的日子？严酷，是很迟（太迟）以后才迎头碰上的。赵老师真把我们宠坏了。

期中考试后，赵老师自己也一扫阴霾。他许可我们晚饭吃过，可到他房间看半小时《魔神英雄传》。其时，《魔神英雄传》正热播，我们一天也落下不得，重复看一个个坏蛋被小英雄踢到天际云端外，都好组成一个团了。

赵老师开怀大度，允许额外浪费一点电，或许不是因为心情好，而是为了让我们早点离开餐桌，在前面吊了根香蕉。也可能，他是为修补自己破损的形象——他那阵子时时展露的笑颜，或许也是为此一目的服务。

整幢房子，只有赵老师的睡房里有一台电视机。某日，《魔神英雄传》总体进程大概已过半，正是精彩时，章丽华又带赵老师和芊芊回娘家了。吃了饭，我们一帮人循例到赵老师预先开了锁的房间看《魔神英雄传》。

陈俊虎不安生，本来跟我们几个一起挤坐在沙发上的，起身东走走西走走，到赵老师的床上坐一坐，拍拍枕头，又到电视机前晃一晃，开一开电视桌抽屉——他为什么如此喜欢翻箱倒柜？——都让人怀疑他是否看上了赵老师的什么东西。莫非他想找一件赵老师的衣服出来穿穿？

我们叫他让开点，不要挡住我们看《魔神英雄传》。陈俊虎又晃到赵老师床前，俯下身子，看床底有没有藏东西。倒不怕吃灰。

他扒出两盒录像带来，其中一盒是《我为卿狂》。我们都知道是什么东西，嘻嘻笑了几声。我们没看到它的名字之前，看它是从床底下抽出来的，就知道它是什么东西了。

陈俊虎提议，把赵老师的录像机插上电源，我们一起看一下。女生反对，说不想看。我们几个男生说想继续看《魔神英雄传》。陈俊虎这才把插着的电源又拔掉了，悻悻地说："赵老师真是色狼，把片子藏在床底下。"我们没怎么响应他。陈俊虎似乎觉得我们是不可语之的小屁孩，可又不想对话即刻中止，又问我们看没看过《我为卿狂》。他是看过的。王宝树回他说，他也看过的。陈俊虎赶忙问是在哪里看的，录像厅吗？王宝树说不是，是在家里。有一天，他父母不在家时看的，"不怎么好看"，王宝树迷迷糊糊地说。陈俊虎说："原来你们家也有这东西，也是藏在床底下的吗？"又一字一顿地说："三——级——片，不怎么好看，别的更好看。""三——级——片"三个字抓住了我们片刻的注意力，头从电视机移开了一会儿，好像那是另一个我们需严肃对待的词语。但它似乎不比赵老师看的那本书更让我们觉得是色情的。不管是片子，还是那本书，统统比不上《魔神英雄传》吸引我们。

只有王宝树回应陈俊虎。王宝树说："有一个外地来的人，上我们家推销，爸爸买了几盒，放在衣柜里。"

我突然想起，的确有个走街串巷的外地人，穿白衬衫戴草帽架副眼镜，也来我家推销过录像带，有武打片，搞笑片，还有叫什么《七仙女》的片子。我爸爸各样买了几盒。不知道卖片子的外地人和卖麦芽糖的外地人是不是来自同一个地方？

奇怪，我们并不觉得自己的父亲是"色狼"，更不觉得陈俊虎和王宝树是"色狼"。那么，我们对赵老师，是不是也是要另眼相待的？

或许，我们已经不对"色狼"这个词过敏了，对"三级片"这个词也不过敏。我们都继续专心看《魔神英雄传》。趁赵老师没回来，或许还有时间看看其他节目。我们叫陈俊虎赶快把两盒录像带放回床底原来的位置，坐回到我们身边来，不然，也要把他踢到天际云端外。

女阿飞大闹赵老师家的那个夜晚，我们可没有这么平静。

女阿飞前脚出去，赵老师后脚也跟了出去。并不是去追女阿飞，而是去找章丽华了。原本屏息凝神看好戏上演的我们一下子解放了，沸反盈天。我们知道，这一刻，无论怎么吵，都没人来阻止。

可又有人"嘘"一声，我们又静一下，听一听赵老师在二楼和章丽华说什么话。事情还没完呢。

两人的说话声一会儿大一会儿小。赵老师出离愤怒，反复说"太没有规矩了，太没规矩了"，章丽华也出离愤怒，说："怎么会有这样子的人，我要到她家里说个明白，让他们自己说说看这像不像话。"愤怒是愤怒，光火是光火，可我原本以为他们是要吃人了的。后来，谈话声变小了，两人像有什么秘密事要商量。

过了十来分钟，赵老师夫妇来到三楼辅导室。我们齐刷刷坐好，迎接下半场。

先是章丽华开口，骂一通女阿飞。她说，女阿飞这个人，我们也是知道的，已经留过一次级了——我们中大部分人事先并没听说过这件事，不过一点也不意外，她没留过级，倒让人意外——很可能，不，肯定还会留第二次级的。她家里人拜托这个拜托那个，要给她找辅导老师。别人都不肯收，赵老师做好心，钱还没收过她一分，就让她来家里学起来先，竟然还不学好，依旧吊儿郎当。没事寻事，还污蔑起赵老师来！不知道生的是什么样的心肝。说不准，她在这里的这一小段时间，还把我们给带坏了，我们要清者自清。以后，我们碰到她，一定要躲远一点，"你们跟她是不一样的，都是正经人家的人儿"。

然后，章丽华又向我们解释，赵老师看的是一本生理教科书，是一本"科学书"来着，而不是什么黄书，"她哪里懂科学，只会乱说。科学哪有那么好懂的？"赵老师懂语文、数学、英语、生物、化学、物理，等等，难道都是专门请人仔细辅导过他的？当然不是！他可没有我们这么好命！大部分是他自学来的。"自学是世界上最重要的一件事情，你们说是不是？"赵老师现在看这本书，也是在自学。这些知识，以后我们也要学的。当然，目前，这书还不适合我们看。只有在坏人眼中，一切才都是坏的。那个女阿飞，就是个坏人，听说她在学校里，还会动手打人的。"如果她动手打赵老师，赵老师也是会还手的，赵老师可不是好欺负。那个女阿飞，真是坏死了，你们说是不是？"

对于章丽华的问话，我们没有直接、明确地回答，但都默默点头不停。不管女阿飞在我们心中激起了怎样的火花，此刻，我们觉得章丽华说的话，句句在情在理。我们以前听说赵老师半夜三更给章丽华倒"洗脚水"，认定他是个老婆奴。今天亲眼看章丽华，化身"护夫狂魔"。明明是赵老师的事，却是章丽华说个不停。

听了章丽华的宣导，一想到自己可能被女阿飞带坏，也变成一个阿飞、流氓，便觉得恐怖。父母知道了，肯定伤心不已，在别人面前抬不起头来。我们以后也是要当老板的，再不成，也要做一个带许多学生收很多寄宿费的语文老师。当时，我不知道的是，村里许多阿飞，后来也都成了老板，光耀门楣。

我们开始同情起赵老师，女阿飞欺人太甚，而赵老师并不怎么暴跳如雷，动手动脚，还是很有风度的。

话似乎都被章丽华说完了，后来接上的赵老师只简单说几句，大意是这事也不是什么大事，就让它过去好了。对我们来说，眼下最重要的事情，就是好好学习，迎接期中考试。离九点钟还有半小时，如果我们在具体功课方面有什么不懂的地方，还是可以去问他的。说完，他坐到讲桌前，将那本生理科学书放到抽屉里去了。章丽华朝我们点点头，转身离开辅导室。

讲真，在赵老师家生活的那段日子，这并不是一个小的插曲。但很快，我们与之相关的记忆就淡漠了。我们的眼睛与耳朵，被别的大大小小的插曲抓住了。我们的生活，似乎只是由这些破碎的插曲构成。如果没有人特别提起，我们也不会特别想起这段插曲。

日子一天天地过去。奇怪得很，出了赵老师的家，我们在城中很少见到那个女阿飞。不知道她是不是因留级多被退学了？陈俊虎偶尔会提起自己想追她的理想，虽然她是王靖雯派，虽然她是一个女阿飞，但她留着一头打起架来会非常吃亏的长发。她有几件衣服，穿起来特别有品位。他只偶尔提起。

不过，此事之后，我们看赵老师的目光，终究与以往大不相同了。我们以往看赵老师的那副目光已不敷使用了，要换过一副来。

期中考试快到了，我们都有点紧张。虽然不似期末考试那般大阵仗，但也是我们进城后第一次大考，成绩单要寄到父母手中的。

爱学习的，一直在学，考试不考试的，没有区别，但也不知道上了场见了"真章"情况又如何；喜欢临时抱佛脚的，看到有人还在嬉戏，自己抓紧时间看几页书，便有一种暗地里赚到了的感觉，总之吃不了亏；不爱学的，比如我，还是坐不住，仍旧木知木觉，不知道怎么对付一个个字词、数字与符码。我知道，危险就在那里，不会跑的，但没到它真正来临的那一天，我总觉得还是安全，危险嘛，可以向后无限拖延的，不如多看几页漫画书，偷逛一次街机室好过。

画完地理课重点，赵老师还给我们画了其他课程的，一本书往往画花了半本。如果重点有这许多，还算得上是重点吗？但我倒画得开心，享受圆珠笔力透纸背的那种感觉。好像画了，就知道了，等于吃了"记忆面包"。

赵老师说，今年城中的期中考试地理卷是他出的。我们只要把他画的重点搞搞清楚，考个九十分，不是问题。其他老师出的其他试卷怎么样，他不清楚，但他相信，他画的重点也是八九不离十的。

赵老师还说，历年以来，城中期中考试考得好的人都有奖励。成绩如能进年级前三甲，分别能获得八百元、五百元、三百元奖学金。另外，前五十名还有一百元的鼓励奖。我们要努力一点，得不到前三名，至少也要拿到前五十名的鼓励奖。当然，赵老师强调，奖学金还是其次，如能进到前三名，抑或前五十名，全年级都会知道你的。你家里人看你都会不同。

我们听旁的人说，有些老师家里，另外设了奖金：仿照校例，也分八百元、五百元、三百元三个级别，奖给住在这位老师家里、期中考试成绩前三名的学生；如果这三名学生同时还进入学校前五十名，奖金再增加两百元。也就是说，幸运儿可以一下子拿三笔奖金。

有这等好事，不知道赵老师听说了没？

虽然，这是别人家的事，跟我们扯不上边，但我们听着也有一种喜乐，以及嫉羡。在我们看来，令人恐惧的期中考试，也有了点令人振奋的味道。

我们又讨论说，期末考试试卷各学校统一，期中考试试卷我们学校老师自己出，大概会简单点，可难保哪个老师别出心裁，想难为难为我们，反正是自己学校的期中考试。或许，我们可从一份试卷，看出一位老师的变态程度。出得越难的，越不想让人有好日子过的，越变态。我们都希望我们的老师，是平平易易的人。我们的进步，希望他们不必考虑。

日子愈近，我们愈躁动不安。赵老师说，考试前一段时间，倒不必自己给自己压力了，不如好好休息，养足精神，不必多想。

别人如何我不知道，我彻底遵从了他的建议。

大概考试前一星期的周六早晨，因为要复习，我们都没有回家。陈俊虎拉住我们，偷问我们有没有注意到，这一两天，赵老师的黑皮公文包一直放在一楼饭厅靠小园子的门旁，和一些杂物如芊芊的一辆已不再使用的推车、一个装了些旧报纸杂志的纸板箱、乡下送来的装了一尼龙袋的南瓜等放在一起。

我们都不怎么留意赵老师的公文包，平常大概都放在他二楼书房里的吧，偶尔带到三楼辅导室中，下课堂后又拿走的。听陈俊虎这么说，那天午饭时，我们特意留心了一下，果不其然，就像陈俊虎说的，赵老师的公文包斜倚在门边。地上不很干净，公文包下面也没垫什么东西，好像一件被人遗忘的杂物。

吃了饭，我们都没心思到外边走走，也并不就去辅导室翻书，我们很有默契地到了四楼卧室里。关了门，陈俊虎小声跟我们几个人说，赵老师出的期中考试地理试卷一定放在那个公文包里。我们问，你怎么知道？你亲眼看见了吗？陈俊虎起先说没有看见，后来又说前天晚上在辅导室，好像看见赵老师将一张薄薄的透光的油印纸放进公文包里，他闻到了一股子油墨味。

他这样一说，其他几个人也说好像看见了、闻到了。我们姑且认定了此事为真。

陈俊虎又说，赵老师画那么一堆重点，背都背不过来。我应声说，的确，怎么背都背不过来——其实，我都没怎么背——这次考试肯定要挂红灯了。陈俊虎点点头，又说，要是我们趁赵老师不注意，把那张试卷偷拿出来，看一看，每人记上十道题目，找出答案，然后互通有无，不就省力多了？"没准，我们因此就能进全年级前五十名也说不定呢，你们说是不是？"我们回答："是呀，是呀。"

其实，他不必费这么多口水。当他说，考卷在赵老师的公文包里，我们还不知道将要发生什么事时，就已经要响应他了。

我们一起商定了下述计划：周末两天，赵老师不必去上课，理论上不会带公文包出门，但不怕一万，只怕万一，没准明天公文包就不放一楼餐厅而锁到书房里去了呢？因此，我们得迅速行动！白天，赵老师不出门，都在家里，而且还有章丽华东瞄瞄西瞥瞥的，我们没什么下手的机会。不如，等晚上他们睡着了再说。稳阵点，还要等他们睡死了。凌晨两三点，月黑风高，神不知鬼不觉，正是下手的好时节！今天中午，我们要睡一个午觉，养足精神。马旭不是有一个闹钟吗？晚上正好派上用场。陈俊虎有一柄手电筒，可供照明。

陈俊虎又说，这件事只限我们寝室的人知道、参与就好。不要让隔壁寝室搅浑进来——隔壁寝室，住的是赵老师村子里的几个学生——陈宝玲是他妹妹，他现在提前跟我们说，他会告诉她的，他只告诉她一个人。对此，我们没有意见。

中午，怀着紧张刺激的心情，我们美美地睡了一觉。

晚上，我们若无其事地吃完饭——公文包还躺在那儿——若无其事地进了辅导室，若无其事地问了赵老师几个问题以塞责。九点钟时，当赵老师宣布：你们好去睡觉了，我们一窝蜂爬上四楼，关了门。平常周六，如果我们没有回家，一定要闹到十一二点才睡，第二天早上九十点才起来，赵老师不干涉。那天晚上，我们早早熄了灯，调好闹钟，希冀早点进入梦乡。

然而，怎么也睡不着。中午睡得太多，此刻又如此令人振奋。

大家在黑暗中胡乱聊着天：拿到八百元奖学金后，我们要怎么花？陈俊虎说要去专卖店买衣服再买一个新的随身听，马旭说要买参考书，王宝树说要拿到家里去让他爸爸借给别人收来利息再给他，我说要在街机室泡三天三夜。我们都觉得那八百元是志在必得的。我们没想到的是，马旭拿那八百块去买参考书了，我拿什么去街机室泡三天三夜？

发过美好的白日梦或曰"黑夜梦"之后，陈俊虎想跟我们再谈谈晚上行动的细节。怕说话声太响，被人听了去，于是，他披了件衣服，从上铺爬下来，同时叫睡在上铺的也都下来，到他下铺的马旭的床上，凑近了讲话。

天气有点凉了。我们六七个人聚在一起，有一团暖气环绕。陈俊虎随手带了手电筒，但大多时候，我们宁可在黑暗中说话，声音与声音似乎更近一点。偶尔，陈俊虎突然拧一下手电筒，照在某人脸上，近光中，五官线条模糊，看不清一个鼻子，看不清一个嘴巴，只看见一张纯粹笑着的脸。

并没多少行动细节需反复申说，无非是走路要小声，记住自己要记的那一部分题目。但我们说了一遍又一遍，好像永远可以说下去。似乎，这样围拢在一起说说话，这个夜晚也就抵了，并不真的需要去偷试卷。

大概十一点半，马旭说自己实在熬不住，要先睡一会儿，我们才又各自上了床铺。

黑暗中，我被吵醒后，发现陈俊虎已经下床，正在关马旭床边的闹钟，然后一一去拍还在熟睡的人。五分钟后，凌晨两点多一些，我们都穿好了衣服。

如果说下床那会儿还是迷糊着的，踏出房门后，我们就完全清醒了。刻下，夜更凉了，空气中有一股干燥的秋天的味道。我们在门口站了会儿，倾听整幢房子的寂静之声。隔壁寝室有人在打呼噜，使我们安心。

蹑手蹑脚下到三楼。辅导室的门还开着，月光透进来，斜照在女生房门上。

三楼到二楼，是危险地带，我们愈加小心。王宝树搭在我的肩边轻声说，不知道赵老师会不会又三更半夜给章丽华端"洗脚水"？他这样说，我们一阵慌张。陈俊虎"嘘"了两声，让我们小声点，我倒觉得他"嘘"得太大声，吵醒赵老师了。

我们五六个人挤停在三楼和二楼的拐角处。陈俊虎探头向下望，没有暗红色的灯光，没有赵老师端着洗脚盆往卫生间走。陈俊虎关了手电筒，回头示意我们跟着他，采用《猫与老鼠》中汤姆猫在杰米鼠背后试图抓住杰米鼠时弓背踮脚的走路方式。

我们慢步鱼贯而下，在赵老师房前一晃而过。

从二楼到一楼，我们走得快了一点。

下了楼梯，向左拐穿越餐厅时，有人碰到张条凳，"砰"一声响，又拖地"吱——"了几秒。陈俊虎又很吵地说了一声："别吵！"

我们屏住呼吸，不敢动一根脚趾，怕赵老师倏地出现在面前。

循着陈俊虎手电筒的光望去，只见角落里一堆不知道是什么东西的东西。近视时，手电筒明明亮如许，远照却如此暗淡。幸亏，我们定睛看时，公文包还在那儿，好像一直在等着我们。我小小叫一声。陈俊虎大概看到标的物，不很在意我胡乱发出的声响，急忙上前去。

我们试图围着公文包绕成一个圈，但陈俊虎和马旭两个在前面一蹲，我们就插不进去了，只在他们头上张望。陈俊虎一边轻声而又暴躁地说"别压住我"，一边忙不迭将公文包牵出，拿到餐桌上。没费多少劲儿，就找到那张油印试卷。

陈俊虎继续翻检公文包，好像还有其他什么宝。我总怀疑，箱子、柜子、抽屉、皮包一类的东西，一见到陈俊虎，就要召唤他去翻一翻。我们说时候不早了，还是赶快就着手电筒光看地理试卷吧。

有一阵子，陈俊虎似乎忘了我们事先讲好的，每人记十题的建议，顾自从头看到尾，好像他能一下子记住，省得其他人再费工夫似的。他记不住。他把试卷推到马旭面前，叫马旭看。我们站在马旭背后看，手电筒光下，字迹不很真切。光线外的我们，隐没在黑暗中。有人建议去开餐厅的灯，被大伙儿阻止了。就算赵老师看不见，但我们总觉得黑暗中有无数只眼睛，一开灯，就全张开了。终究要在微光中干这事儿。

马旭从衣兜里摸出地理课本和一个小笔记簿，让我们吃了一惊。他轻声说了句，好记性不如烂笔头。之前，没人想到要这么干。有些题目，马旭不用翻书就知道答案；有些翻下书解决了；论述题，他暂只抄下题目大意，回去再研究。他依试卷题目顺序，在笔记簿上依次记下答案与题目大意。

我们压抑着躁动、喜乐，轻拍马旭的后背，揉捏他的肩膀，好像他是一台不能更适时的人形复印机或照相机或自动抄写机，或，一个不能更适时的好哥们，帮我们省却了一切麻烦。我们放弃自己观摩试卷的权利，让马旭全权为我们代劳。我们央求他到时把笔记簿借我们抄一份。马旭轻声说，完全没问题，这还用说吗？我们不顾危险，忍不住笑出声，搂肩搭背，觉得此刻的我们真正属于一个团伙、同盟、阵营的了。这种感觉不错。

不过，我们又开玩笑说，其实，我们无须如此大费周章，半夜不睡觉，偷偷摸摸，下到一楼。马旭一个人来了就行。马旭挥手驳斥道，怎么可能！如果没有大家，他不可能走到这一步的。大概来到赵老师房门前，就回头上楼去了。听他这么说，我们大家忍着笑，觉得自己也是有功劳的。

马旭抄写完毕，陈俊虎将公文包放回门边，已凌晨三点半。我们睡意全无，觉得今夜还得干点什么，才能睡得着。

陈俊虎又"嘘"几声，叫我们列队跟在他后头，回去四楼。

回程路上，我们不再那么小心翼翼。谁的拖鞋，间或"啪嗒"两声响，清澈极了，但我们不怕。赵老师听见，没准以为我们集体到一楼上厕所；他或者出来查看，到时，我们肯定已快步上去了，钻进被窝了。经过赵老师房间时，事实上仍旧无半点声响。

我们很快就到四楼。关了门，哄堂大笑，不怕吵醒全城的人。黑夜里，四周没有多少含含糊糊的声音响应。这似乎是只属于我们的快乐。

再过两三日，我们发现公文包还在那边躺着，好像还要继续躺下去。早知如此，我们就不必赶慌赶忙的？

不是这样的，至少在我看来，不是这样的。那个夜晚，就算发现公文包里并没有地理试卷，竹篮打水一场空，也是值得的。

忘记了具体时间，但总归在期中考试后，赵老师的公文包才不在门边躺着了。此后，偶或又见它躺在那边。

回想起来，陈俊虎当时不晓得是怎么福至心灵，瞥见了那个公文包？我不免要以小人之心度君子之腹：不知道是不是赵老师和陈俊虎串通好了，在前者的授意下，陈俊虎具体执行，才被我们"偷"去了地理试卷？赵老师也是担心，即使画了那么多重点给我们，我们还是不争气，连地理卷都考不好，坏他的名声，所以，才出此"上策"？后来，我们知道，住在哪一门出卷老师家里，哪一门考得好，是城中的一个"小传统"。如真如此，那我们的"夜之探险"的趣味性就要大打折扣——一切不过是安排好的？

但是，转念，说赵老师和陈俊虎是串通好的，就太过"阴谋论"了。我甚至无法想象他们两人同处一室，好声好气说话的画面。但说他们心有灵犀，事先没有任何特定的安排，一个愿打，一个愿挨，那倒是极有可能的。

事情沿着跟原本想象不一致的轨道发展，它们自己有脚的。原本说好的"严加保密""事情不出这个房门"，出了点"问题"。陈俊虎把马旭的笔记簿给陈宝玲抄了一份，陈宝玲传给了其他女生；同时，不知道是我们这边，还是女生那边，又传了一份给我们隔壁的男生寝室。幸好，赵老师并不觉得有什么异样，至少，我们没看出赵老师有什么异样。

对我们的"团伙"不好意思的是，我给三班的几个同学，简略地说过几道论述题，还有我记忆所及的一定考到的其他几个地方。我并不觉得被攘夺了什么果实，而感到一种被人需要的乐趣。

听说，七班那边也出现了同样的状况，不知是谁传出去的，是陈俊虎也不定。

然后，流通的情况，就不仅限于三班和七班了。那一年，也听说有其他科目的试卷流出，但流传程度绝没有地理试卷那么广，真实度也没有地理试卷那么高。这其中，也有我出的小小一份力。

也是幸运，校方也并没有什么异样。或习以为常？

在赵老师家，马旭的期中考试总分最高，陈俊虎第三。陈俊虎与马旭前后座，地理考试之外，其他多门考试也占了不少便宜。惜乎马旭的总分排到了全年级六十多名，没能得到什么奖学金。赵老师倒更看重他了。

我的地理和语文成绩最好，考了七十几分——即使有一份笔记簿，但要把这份笔记簿全背下来，对我来说，也是太难了——其他各门也都有六十多分，没有哪一门挂红灯，包括数学。

我想我的成功，其中有一份来自偷地理试卷带来的自信的功劳，让我超常发挥了。

上面说过，期中考试后，赵老师心情甚佳。虽然，无人进入全年级前五十名，但赵老师似乎对我们取得的成绩已颇感满意。

他增添了娱乐项目：不仅允许我们每天晚饭后到他卧室看半小时电视，还搞了张旧乒乓球桌，费劲抬到四楼再上去的屋顶阳台——这屋顶阳台，像个小道坦，有人在晒鱼鲞，摆一张乒乓球桌绰绰有余。

与辅导室中的桌桌椅椅一样，我们不知道赵老师从哪儿搞来这张乒乓球桌。当然，这不重要。我们没事就到屋顶阳台上打乒乓球。周末不回家时，就打一下午乒乓球。

有时候，不知道谁扣球的劲儿大了点，我们又追不及，球掉到楼下小园子或前门巷子里，弹得老高，滚到看不真切的什么地方去。备用只另一颗乒乓球，原本就不怎么足气，或有时候也打得掉楼下去了，只好去捡。

走到前巷，我看见了楼房的一整个正面。

在赵老师这儿住了如许长时间，很少有机会走到前巷去，好像那是一个与我完全不搭界的地方。我们住的房子的前部，和从一楼后门出去便看见的对面人家的房子前部差不了多少，墙体上也嵌了些旧啤酒瓶碎片似的东西，但我有一种陌生感，有一种"这是我们的"以及"原来如此"的感觉。

我不介意球多掉几次。

不知怎么回事，下半学期的时间过得似乎比上半学期快得多。印象中，多是和乐的日子。

一个周日午后，王宝树的父亲送王宝树到赵老师家。赵老师正好在，两人寒暄了几句。王宝树的父亲在村子里办一家厂，起初生产算盘，后来做头盔。听说，他最赚钱的生意既不是算盘也不是头盔，而是他给村里人放的贷，"一年光吃利息都吃不完"，村子里就是这样传的。

王宝树的父亲走了后，赵老师拉王宝树在小园子里说话。

赵老师问王宝树："你爸爸今天手上拿的是不是正宗大哥大？"王宝树迷迷糊糊，只说"大概是吧"。赵老师又问他："你爸爸的大哥大买了多少钱？"这个问题王宝树清楚，说要"两万多块"。这个数字，抵得上王宝树四个学期两年的寄宿费了。赵老师"哦"了好几声。

在一旁的陈俊虎听不过去，跳将出来。陈俊虎说，王宝树的爸爸拿的不是正宗大哥大，而是"168大哥大"，正宗大哥大更贵更像一块砖头，他爸爸买的那个正宗大哥大花了五万多块钱。我们都没怎么见过陈俊虎的爸爸来赵老师家，更不可能去陈俊虎的家，所以也就失去了欣赏正宗大哥大的机会。

赵老师点点头，说了句帮王宝树争回面子的话："168大哥大"也是正宗大哥大。转头，他又问起陈俊虎："你爸爸的正宗大哥大什么时候买的？"陈俊虎回答说："有两三年了。"赵老师说："哦，那现在可能已经没有那么贵了。"

让我们吃了一惊，不过两三个星期，赵老师就不知从哪儿搞了个并非全新但看上去也很新的大哥大回来。

看上去，赵老师的大哥大比王宝树爸爸的"168大哥大"大不少，不知比起陈俊虎爸爸的正宗大哥大又如何——陈俊虎自然说比他爸爸的小，但他也搞不清楚赵老师的是什么款式的大哥大——这么多大哥大，把我们搞得晕头转向。

我们不知道赵老师为什么买大哥大，花了多少钱。我们小小地算了一笔账：赵老师的大哥大不如王宝树爸爸的"168大哥大"新，但它比"168大哥大"大，持平来论，就当赵老师也花了两万块钱，换句话说，赵老师用了我们大概五个寄宿生交的钱，买了这个大哥大。

看来，这段时间，赵老师的心情的确非常不错。或许，我原本的印象是错误的：期中考试后那一小段时间，赵老师的心情跟以往没什么大差别，他是拥有了大哥大之后，心情才变得绝靓的。

有了大哥大之后，赵老师过上了不一样的日子。

听马旭、陈俊虎他们说，赵老师在七班上课，大哥大偶尔响起，他会接着圣谕似的，立马放下粉笔，不跟学生说明一句，也不出去，就在课堂上接听，在几十双眼睛的注视下，"喂喂呀呀"好一阵子，也不怕被探去了什么隐私——我想，如果教室是空的，他倒可能会出去接——这是刚买大哥大那会儿的事。没过多久，大哥大再响起时，赵老师就不接了，小心翼翼按断，下课后回办公室再回电话。

但这并不表示赵老师的大哥大就没了用武之地。每次上课，他都带着大哥大。进了教室，第一件事，是把大哥大端正摆在讲桌正中央，无所偏倚，好像摆一枚神主牌。讲课途中，他时不时拿起大哥大瞄一下。他是在看时间，但不知道的人，还以为他在检视大哥大是否还在那边，是否无端消失在了空气之中。临下课时，他更是光明正大拿起大哥大，看上一看，预告还有几分钟要下课。他戴手表的。

如果有一天，赵老师不知道哪一根神经搭错了，听见有学生在背后吵闹，转身就把手机当粉笔那样飞丢出去，结果会怎样？

赵老师的两项绝技，第一项"粉笔飞刀"，我无缘得见；第二项"拿大哥大看时间"，我有幸现场见证了。辅导室中，赵老师也将大哥大摆在讲桌中间，如同什么镇妖之物，不许有丝毫差池。他完全不觉得它太过吸引我们的目光，偏离了书本。当然，它也吸引了赵老师本人的目光，他对别的什么是再也没了研究的兴致。赵老师拿大哥大看时间，达到了强迫症的程度，几分钟就要发作一次，好像不看，时间就不存在了，他好像因此负起了一种保卫时间的"职责"。我们可以称之为"拿大哥大看时间综合征"，与而今各类人共同患上的"智能手机沉迷症""网络刷屏症"同出一宗。打赵老师大哥大的人不多，有打来时，赵老师的欣喜溢于言表，好像大哥大以及他本人都再次充满了全格的生命力。当然，我们都知道，他不马上接，他跑回自己的房间，用电话回复。

来自各处的声音说，赵老师肯定是这个地球上，用大哥大用得最克勤克俭的一个人。陈俊虎说，大哥大被他用了，是大哥大的耻辱。我们好奇于赵老师一个月的电话费是多少，是否接近于零？是否打破了吉尼斯世界纪录？虽然，他白白让人赚了月租费，但他对此似乎并不觉得可惜。不知道当初买大哥大的时候，章丽华是否有过什么意见？还是认为这是一个男人必备的一件事物？当她看到赵老师的大哥大月账单时，大概是没有什么意见的。这是不是某种一举两得的事情？说到底，赵老师还是有头脑的。

我觉得我们也不应该对赵老师有意见。一个不抽烟不喝酒不嫖娼最多只看看生理科学书的"良家之男"，买个大哥大看下时间，太过人畜无害。

耳濡目染，我们发明了一种"打大哥大游戏"。同处一室，或走在路上，我们都可以"打"起来：拿起手，贴着耳朵，嘴里发出"嘟——嘟——嘟"的声音，另一人也拿起手，贴着耳朵，"喂——喂——喂"上几声。很快连上，信号不错。打大哥大的自报姓名，接大哥大的问："你有什么事？"打大哥大的可能回答说："要不要去打乒乓球？"或者："要不要去上厕所？"也可能是："想问一下现在几点了？"接大哥大的可能会回答："等一下，等我看一下大哥大。"也可能回答："等一下，你自己不是也有大哥大吗？"接着，打和接的人以及一旁的听众都笑。我们有事没事就用"大哥大"联络。某一些时刻，我们觉得自己真的拥有了大哥大，比赵老师手上拿着的还真。

据陈宝玲说，我们没有"发明""打大哥大游戏"之前，她看的日本电视剧里，早就有这类"游戏"：男女主角，有事没事，也经常手握拳头，贴着耳朵，问些"你在哪里？""你在干吗？""现在几点了？"一类的。我们觉得，这根本是两码子事，但受到启发，也试图拿"大哥大"打给女生们，但她们总是不接，撇着嘴扭过脸去，让我们朦朦胧胧得到另一种乐趣。于是，我们又如往常般打给自己人。我们相信，比起日本电视剧里的男女主角以及赵老师，我们把大哥大打得更好。

在我看来，在赵老师家，我们有难得的四项娱乐，其中三项为：看《魔神英雄传》、打乒乓球、"打大哥大游戏"。第四项娱乐，暂且按下不表，很快就会揭晓。

说起来有点伤感的是，那个"拿大哥大看时间的人"，差不多是赵老师留在我心目中的最后的喜剧形象了。

当赵老师在晚上九点钟左右宣布：你们好去睡觉了，他或许觉得，我们的一天，差不多到此就结束了。不是，不是这样的。

自然，"公文包盗取之夜"是唯一的，不可重复的（至少我没经历过第二次），但我们在较为一般的夜晚，也有我们的余兴节目。只有完成余兴节目，耗尽一天所有的精力，我们才甘心沉到梦乡中去。有时候，我们甚至可以说，晚上九点钟之后，等待我们的不是什么随便就打发过去的余兴节目，而是一天中的重头戏。

马旭是我们的首任寝室长。赵老师给三个寝室都设了个"寝室长"，维持寝室秩序，包括九点半熄灯后的秩序。

刚过来时，我和王宝树、马旭几个人与陈俊虎他们还不相熟，熄灯前没什么话说，熄灯后就更不作响了，闷头睡觉。"寝室长"马旭管起来，一点儿不费劲。没几天，陈俊虎显出"话痨"本色，这是原初我们没怎么想到的。原初，我们以为他是一个和我们多少不一样的存在，像一条我们不怎么去过的前巷。事实是，他虽不怎么看得起我们，但又不得不和我们待在一起，不得不找我们说话：在他身边，只是我们这些人，总不能有事没事去拉赵老师、章丽华说话。或许，在他身边完全无人的时刻，芊芊倒是一个可能被选择与之交流的对象。

熄灯后，陈俊虎心里似乎更硌得慌，有更多话需要一吐为快。

最初，马旭将赵老师托付给他的任务当作一回事，要陈俊虎和我们"小声点，不要说话"。我们给他面子，但陈俊虎不给。马旭也不多说什么，对带头的陈俊虎也没有怨怼之气。显然，他也不怎么将赵老师托付给他的任务太当一回事。

有时候，我们还在说话，马旭已经打起呼噜——他总是能够轻易入睡，这是会让失眠症患者艳羡不已的一项天然的技能。

后来，马旭也加入了我们的"夜谈"。当然，没说多少句，他就第一个睡过去了。起初，当我们说得起劲、颇制造了些声响的时候，有点怕赵老师来，替代马旭警告我们说"小声点，不要说话"，但是他从未来过。他可能是信任马旭，也可能是觉得我们在睡着之前说点话，再正常不过，可以纵容。也可能，住在三楼的女生说话，会让他更留心一点。我们离他，有点远了。

过了一段时间，"寝室长"换届，陈俊虎当选。于是，"寝室长"便多了一项职能：带头喧哗。有时候，我很怀疑，我们都已经睡着了，或正失去意识迷迷糊糊中，陈俊虎还试图说点什么。

许多事情可供反复申说：各自家里的，学校里的，赵老师家这边的，我们在别处经历的、听闻的，聊之不尽。陈俊虎更是可从任何角度切入，起一个话头，滔滔不绝说下去。我羡慕他这种才能。

我们谈学校小卖部里的吃食，马旭妹妹寄宿的老师家的午餐；四大天王中谁最值得喜爱；周慧敏为什么是这个地球上最漂亮的人；从我们村到陈俊虎所在的镇上，不坐车，光走，多久才能到；章丽华是否把赵老师吃得死死的……

说老实话，四大天王以及其他一些事，我并不当真想知道，然而，知道了也没什么损失。我们于其中"夜谈"的寝室，像是另外一个传授、交流、分享、散播各种紊乱且无用的知识的"学堂"。

女阿飞大闹事件后，我们换过了一副目光，也小小地突破了一些禁区，说起话来更肆无忌惮，好像冥冥中女阿飞在鼓励着我们。

我们又在床上谈论，调动了我们所有的全部知识：与陈宝玲她们相比，女阿飞是否更接近于赵老师生理科学书上的女体；章丽华是否管赵老师管得太牢了；平均算下来，赵老师一天在我们每个人身上花多少钱；他自己一天又花多少；章丽华的娘家具体在什么方位；工人文化宫里开了个新游乐场，据说还有个录像厅；如果学校里举行乒乓球比赛，我们应该派谁迎战；我们是否被诬骗了；赵老师的大哥大是不是水货；这个学期期中考试前三名学生是住在哪个老师家的；好久没看见隔壁房东家的那只黄狸花猫，是不是天冷不知躲到什么地方去了；赵老师……

瞌睡侵蚀着"夜谈"，最后的话题，往往落在赵老师身上。今天他又做了什么事；他今天没做什么事但他以前做过了一些事……倾谈中，我们觉得心满意足，安心睡去。

在旁人眼中，我们的"夜谈"或许平平淡淡，没什么值得一说的地方。或许，在赵老师家的生活太过无聊，以至于我们将"夜谈"也当作一项重大娱乐；或许，在赵老师家的生活太过刺激，以至于"夜谈"也可以当作我们的一项重大娱乐。

期中考试后，又过了一小段日子。一个夜晚，熄灯后，马旭起了一个话头。

马旭说，他正和家里人商量，下学期是不是住到英语老师家里去。就他所知，现在，英语老师家里带了二十几个人——英语老师是本地人，房子是自家的，坐落于城中附近，共两间，六层楼高，住二十几人、三十几人都绰绰有余——期中考试，英语老师家有三人成绩进入全年级前五十名，其中一人进了前十名，可惜没进前三，只拿了鼓励奖。不过，英语老师自家，也设了奖学金的，进前五十名的三人都拿了比学校鼓励奖高的奖金，听说英语老师家还额外有鼓励奖。

我们知道，马旭家的厂子，也是做头盔的。马旭说，近来，他们家做起了外国人的生意——前段时间，在村子里，的确有人看见几个金发蓝眼的外国人往马旭家里走，这场景跟外星人来到我们村也没什么差别了，引得人人伸长了脖颈，眼球凸出眶外，悬在半空中。这是可以当作"异事"写进村志里去的。听说，村子里另有好几家厂子想和马旭家合作了——马旭各项成绩都不错，期中考试只英语考了七十来分，是各科中最差的，拖了不少后腿。如果想和外国人打交道，能不把英语学好？这是马旭家里人对他的期许，也是他对自己的要求。马旭已经打听过了，英语老师家的寄宿费比赵老师这儿多五百块。如果能把英语学好，多交比五百元更多的钱，也是值得的。

马旭如此说，我和王宝树等几个同村的，也都说要跟他一起住到他的英语老师家去。我和王宝树在三班，不是这位英语老师教的。只是马旭的话，说着说着，让我们神往起来了。

陈俊虎说，在他们镇上，也常有老外来的，老外没什么稀罕，不过学好英语，的确重要！期中考试，陈俊虎英语考了七十来分，和马旭在同一水平线上。

陈俊虎又对马旭说："你知道吗？英语老师家里吃得很好。"马旭说："这我倒不知道。"如果这样，就更好了。不过，即使陈俊虎不说，马旭倒也能想象得到，没准可以跟他妹妹住的那个小学老师家里拼上一拼。马旭和陈俊虎是同一班的，有相同也有不同的信息来源。

陈俊虎倒没跟着我们起哄，也说要住到他的英语老师家里去。

"现在还没定下来，没准还住在赵老师这里。"最后，马旭大概是想睡了，这么说了一句。又像怕自己泄露了什么天机，想回兜一下，也让我们冷静冷静，但这个夜晚已经沸腾起来了。

马旭睡着了，我们依旧议论纷纷。

马旭越说自己"没准还住在赵老师这里"，我们越觉得事情已经板上钉钉。我甚至想，以后，同在一个办公室的赵老师和七班英语老师碰了头会如何？我已经提前为他们感到尴尬了。

我在黑暗中说了一句："住在赵老师家，想进全年级前五十名，是永远没机会的。"我大概从未有过比此刻更觉得自己是好学不倦的时刻。

周末回到家里，我跟父母说起，马旭下个学期不住在赵老师家里了，他要住到他的英语老师家里去。我的父母一点也不觉意外。我跟他们说："我也要住到那个英语老师家里去。"我父母说："赵老师家，吃的确是吃得差了些，而且他也不是城里老师，又只是教地理的。"我想，一开始，他们觉得对赵老师是知根知底的，所以让我住到他家里去；刻下，又因为他们觉得对赵老师是太知根知底的，所以我不住他那儿也罢。不过，他们还说："可以再看看，没准有比那个英语老师更好的老师呢？"而且，要挑，首先我们也要挑数学老师。老师多的是，慢慢挑不妨事。我在城里住了半年没长什么见识，我父母的眼界倒似乎开阔了许多。

想必王宝树他们家里也有过类似的谈话了。周日回到赵老师家，夜里睡觉前，王宝树说，他觉得三班教数学的陈老师不错；还有其他什么人说，教全年级自然课的金老师很负责任；又有人说，教化学的李老师费用收得比赵老师这儿便宜……还有人打起了一些二年级老师的主意。多了不少选择，倒教我们更不好选择了。马旭倒没发表什么意见。

"马旭，马旭，你是不是睡着了？"夜里，我们问。

赵老师听到了风声。我们猜，是隔壁寝室传出去的。他们如此热心，难道赵老师少收了他们的寄宿费？不太可能有这种事情发生的。他们就甘心在赵老师这儿住上三年？我是不信他们从未转过别的什么念头，在赵老师这一棵树上吊死。

当然，也许我们冤枉了他们，赵老师不必真的听到某一个人向他"告密"，而可以自然而然知晓的。他不是笨蛋，不可能对情势毫无判断——不是我夸张，其时，嗅着空气就能嗅出什么来。

"谁要是向赵老师告密，谁就是叛徒。"夜里，我们说。关于这个问题，我们还说过更刺耳的话。

我们不知道的是，我们自己大概都有些急不可耐地在赵老师面前表现出一副"等着吧，我就要不在你这儿住了"的骄傲的、威胁的、摊牌的表情。如果说有谁泄露了风声，最大的可能就是我们自己。

前面说过，期中考试后，很长一段时间内，赵老师心情甚佳。

对此，我又有了新的猜想：或许，那时节，赵老师的好心情，在于他觉得无惊无险，经济实惠地熬过了半个学期。可以算是割过一轮稻了，很快，就可以割下一轮稻，收获在望。听到风声后，他的心情想必没有那么好了。有时候，他大概是和我们一样天真的。

"他以为钱这么好赚？"夜里，我们斥责。

下半学期所剩不多的几个周日，父母送我们到赵老师家。赵老师逮住机会，清楚、明白地问他们下学期的打算，是否"续住"？他特别申明：不像有些老师，一个学期就涨一次价，他这里不涨价；虽然还没到新学季，但已有一些"新学户"想到赵老师这边，因此他要合理安排床铺，现在就要合计起来。赵老师租了这么一幢楼，的确还有许多地方虚位以待，在我看来，塞三十几个人是没问题的。

我们的父母，不敢当口捐人面子，也不敢轻易质疑赵老师的未来宏图，因此并不说我们不住这儿了，马旭的父母也不例外。

赵老师的努力，使他得到了一层微薄的保证，也可能产生了这样一种效果：他当口当面要我们的父母做出保证，使他们中一些人开始认真考虑起下学期是否将他们的子女转到别的地方。他们原本没有这种打算的。

"我家里人说，从没见过像他这样黏人的人。"夜里，我们说。

"便宜没好货！"又有人说。

"给他面子不要面子。"还有人说。

我们发现了新状况。一连好几天的午餐桌上，多了对虾；晚上，我们熟悉的胖头鱼不见了，换成了新蒸的米鱼，虽然夹几夹就没了，不经吃。怕我们吃过就忘了似的，赵老师或章丽华会问我们："中午这虾还鲜不鲜？"或者自言自语："米鱼还是蒸着好吃。"搞得我们如果回答他们，就像中了什么计，做了什么妥协，因此，只从嘴巴里发出含含糊糊的什么声音来应付，但赵老师和章丽华听着似乎已经非常满意了，眼睛里发出一种表示"孺子可教"的光。

"这么点东西，就想来收买我们，哪么那容易！"夜里，我们颇有些气恼地说。

"就这么点东西，他们自己还要凑过来吃！米鱼还要喂给芊芊吃。干脆全让他们自己吃了得了。"有人愤恨。

天气越发寒冷的某夜，我们围坐在辅导室里。赵老师倏地提出，需要改一下课程辅导纲要。他说，自己听到些意见，认识到每个学生有长有短，然而在所有课程中，有一些是所有学生都觉得"短"的。因此，他认识到，面面俱到是不切实际，不怎么见效的。他决定，要突出重点课程。他准备着重教授数学、英语，五天至少抽出三天时间放在这两门功课上，增强训练。其他我们自己特别感兴趣而感到疑惑的课程，可在课余期间再请教他。两者结合，必定能更上一层楼。终于，黑板上字迹模糊已久的课程表更新了。

"他不是地理老师吗？不教地理了吗？"夜里，我们质疑。

"他这么厉害，什么都懂，为什么不去当城中的校长？"我们还质疑。

"又不是他想当就能当的。"有人驳斥。

我们又听到一个惊人消息：赵老师派了个还住在乡下的与马旭家相熟的亲戚去说项。自然，那位亲戚只说自己到马旭家随便坐坐的，没什么要紧事。他与马旭家一向相熟而能说得上话——我有点忘记，当初拍板要住到赵老师家，是不是也是这位亲戚在其中起了什么作用？——相谈中，偶尔问起马旭的事情。马旭家还是原来的说辞，只说在考虑，很大可能还住赵老师这里。赵老师竟然动员了自己的亲戚，事情真是益发严重了。

"啧啧——都找上门去了。"夜里,我们带着些许恐惧说。

不知是否从别的什么渠道,赵老师又听到一些连我们"内部人员"都未曾听闻的风声。因之加紧了对马旭的劝服工作。某天,吃过晚饭,赵老师找马旭一个人到他书房谈话。前后约半小时。马旭回来后,我们"内部人员"开始了另一轮紧迫的讯问。

马旭向我们传达,赵老师特别指明:别人都可以走,他马旭不能走。这么些人里,赵老师最看重的是他,哪一次马旭有问题,赵老师不是知无不言言无不尽地尽力替他解决的?马旭有今天这样的成绩,难道没有他赵老师的一份功劳、一份苦劳?如果马旭不住这里了,那他就是"忘恩负义"的人。

对赵老师祭出"忘——恩——负——义"这个词,我们都感到吃惊。对于这个词,我们需咀嚼一番。在我们看来,这似乎是顶大的罪名了。我们爱看的武打片中,背叛师门的、丧家狗般的人,都被套上这个词。没想到,在赵老师这儿,我们拾获了似乎武打片中才有的罪名。他还没真的将这个词套在马旭头上,他威胁着要套到他头上。"别人都可以走",如此说来,我们是早就领受这个罪名了。我们问马旭,接下来他要怎么办?马旭不置可否。他似乎并不把这个词放在心上,倒是我们一些人在旁边干着急。

大概就在同一天,时间稍迟一点,陈宝玲去厨房打开水洗澡。章丽华拉住她,问她说:"你们女生是不是也在造反,嚷嚷着不住赵老师这里了?"陈宝玲先说"不知道",后来又说"没有"。章丽华说:"赵老师为了你们,不知道费了多少心思,受了多少苦,你们都不知道。我也受了很多苦,你们也不知道。如果不住在赵老师这里,你们都是'忘恩负义'的。"

127

洗完了澡，陈宝玲把话学给陈俊虎听，于是我们也都知道了。显然，章丽华所谓"忘恩负义"，不只针对陈宝玲一个人的，也不只针对女生的，而是将我们所有人都囊括在内了——说好的"别人都可以走"呢？赵老师章丽华夫妇之间，肯定提早使用过很多次"忘恩负义"这个词，所以两个人才能在同一天的不同时间、不同地点，在不同的人身上施用，说得都如此滑溜。

事实上，我们没有听说陈宝玲特别想离开赵老师家，而到别的什么地方去。陈俊虎在这方面，也比较没有特别的意见。陈宝玲是在别的什么时候，什么地方，"忘恩负义"了吗？

被同时指出"忘恩负义"的那个夜晚，我们是特别地"渴谈"了。

有些话，是不说不能把事情捋清楚的；有些话，是不说不足以泄愤的；有些话，仿佛自己有脚，不受控制地，顺着某种节奏喷薄而出；又好像，我们置身于一个随身听之内，不知被谁按下了 Play 键，自动播放了。刚开始时，谁说了什么话，还分得清楚，渐渐地，话语与话语，全部融杂在了一块儿。可能是他说的，也可能是我说的；可能是很多人说的，也可能是一个人说的。

"可是他们不是收了我们的钱吗？我们哪里忘恩负义了？"王宝树是真搞不懂这些问题。

"我们家厂子今年跟别人订了合同，明年可能不跟他们订了，都是你情我愿的。我们住在赵老师这里，只是跟他订了一个学期的合同。"马旭一本正经地说。他还没睡着。

"他们这样说我们，倒是他们忘恩负义。如果我们当初没来这里……"我说。一个人攻击我们什么，我们就用相同的名目馈赠，似乎是什么回击术的不二法门。

"想想看，我们都是人呀，竟然拿咸菜饼给我们当早餐，这么没营养的。还给我们吃发霉了、有虫子的鱼鲞！"陈俊虎说。他还记挂着这两件事，翻起了老账。

"每次我们要去上公厕，都把我们盯得死死的，怕我们多拿厕纸。把我们看得跟贼似的。"不知道谁加了这么一句。

"难道他们自己都是用手擦屁股的吗？"

"反正赵良仁帮陈宝玲洗过拉满屎的裤子了。"

"我叫陈宝玲再拉几次给他洗。"陈俊虎说。

"他都听章丽华的话。气管炎。"

"做男人做成像他这样……"

"狗生的！"

我们都感到一种类似于乱踢猫的快乐。我们无法让这种快乐轻易就停下来。

"赵良仁太不要脸了，半夜给老婆倒'洗脚水'。"

"那可不是洗脚水。"陈俊虎澄清，在被窝里嘻嘻笑。

"赵良仁太不要脸了，竟然老是盯着女阿飞看。"有人想起了这件事。

"陈俊虎，这你都看得下去？有人搞你的老婆。"

"我看不下去！"

"我也看不下去！"有人跟风。

"不知道是不是章丽华把他管得太死了。自己不想跟他搞，让他没地方发泄。他看三——级——片也没用。"

"你说他会不会去找鸡？"

"谁知道呢！"

"他是色狼，当然会找鸡。"

"他可能舍不得花钱的。"

"钱都拿去买大哥大了。我们冤死了。"

"鸡也冤死了！"

"他买大哥大，大哥大也冤死了。"

"哪天把大哥大偷出来？"

"他可能要哭的。"

我们一阵大笑。有人捶起了床板。有的床上铺和下铺都摇了起来。

"章丽华也不是好东西。你们没看见吗，她整天跟隔壁那个矮胖子眉来眼去的，有事没事就把人家的猫摸来摸去。真不要脸。"

"她是看不上赵良仁的。"

"你们说，她当真跟隔壁那矮胖子搞上了？"

"是真的。"

"当初她为什么要跟赵良仁结婚的？"

"谁知道呢？没准被他骗了。"

"没准是她骗他。她又骗了小胖子。"

"章丽华真他妈不是东西，我要搞死章丽华。"不知道谁小小地嚷了一声。

"她你们也看得上？我只喜欢周慧敏。"这必定是陈俊虎的声音。

"我要强奸章丽华。"还是起先那个低哑的暴烈的声音。

"也不要放过芊芊。长大了肯定也不是好东西，跟她妈一个样。"我深切地记得，这话是我说的。不知哪里来的灵感，我想到了那个小东西。

我们的"夜谈"达到了一个新的高潮。

"如果我们都走了，那就好玩了。"

"城中里，全部的老师家里都带了学生，就他这里没有学生。"

"被人笑死了。要在城中里出名了。"

"他的房子是白租，没人住，租金都交不出来。"

"没钱赚，他的大哥大又要卖了。"

"哈哈哈哈哈哈……"或许不是一个人的笑，是很多的人笑声汇拢在了一起。

"嘭"的一声巨响，什么东西狠命震了一震。

"你们在胡说八道什么！"不是我们的人在说话。

门撞在墙上，又一声响，接着有金属掉在水泥地上的清脆响声——保准是我们寝室门的铁质插销。门反弹过来，撞在踹门的人身上，又一串较沉闷的声音。然后，整个房间都鸦雀无声了。对面寝室，有异样的响动。

"这么晚了，还不睡，鬼扯鬼扯什么！"赵老师喝道，怒气值满格。楼道里只一点光，勉强能看见他的身形，似乎只穿着秋衣秋裤。

整个房间的气流都凝住了。这是我们第一次与赵老师正面对决。只是，我们哑火了。黑暗中，我们看不见他的脸，他也看不见我们的，大概是一张黑脸对着七八张鬼脸吧。终于，所有的戏码上演齐了。

他在门口站立了多久？一分钟？两分钟？更长或更短？我感觉挺漫长的。

"给我睡觉！"他又喝了一声。

并不踟蹰，他走出去了，还不忘把门给带上。可门"吱呀"了一声，弹了开来，又往墙上靠。

过了两三分钟，马旭起床，搬了张凳子，抵住了门，才把外面的东西隔在外面了。

房间继续安静了几分钟，好像在赵老师的呵斥下，人们果然迅速不再做声乖乖睡了。可不知道谁先带头在暗中低低笑了几声，我们都跟着发出大笑。原来我们都还醒着。这一阵迟来的延绵的笑声，是这一整个躁动的夜晚最华丽的休止符，仿佛整幢房屋都被震动了。刻下，赵老师房里或许是极安静的，那么就听闻得更清晰了。

房间渐渐毫无声息，可我脑里有台机器似乎还在不断空转，纠缠于一些无甚意义的问题：赵老师在门口立了多久？我们怎么完全感觉不到他的存在？他走路是没声的吗？今夜，我们发出的声响太过乒乒乓乓，吸引他到了我们的门口？他是从哪一个具体的句子听起来的？……可是，是否完全搞错了？情况会不会更可能是：他已经偷听了很长一段时日。不只今晚，还有好多个躁动之夜，他都无声无息地站到了我们的门口，将我们的话悉数收到耳底？那么，他可就知道不少事情了……他是正面对着门，脸快贴到门上听我们说话，还是侧身耳朵贴着门听呢？无什么来由地，我想起了一本看过的有插画的童话故事书中，那个长了驴耳朵的国王，总觉得赵老师的耳朵也跟驴耳似的，长且招摇，似乎能将更多的话语纳入其中。他倒变成了国王……没有一双二十四小时盯着我们的眼睛，倒有一双二十四小时听着我们的驴耳朵？……似乎也不太可能……或许的确有一个二十四小时都发出“嗡嗡嗡”声音的巨大的嘴洞？……他只穿着秋衣秋裤，难道完全不怕冷？会不会明天就伤风感冒了？我们有一个温暖的被窝，不断喷射的话语让被窝更火烫了。或许，他原本只是想随便听上几句就走的，因此没做好御寒的准备，没想到我们的谈话越来越“精彩”，而不忍遽离了？抑或，他也偷听我们隔壁寝室或女生寝室里的声音？他是不是一个寝室一个寝室轮流听过来的？三楼先听，然后四楼，先后部再前部，最后到了我们寝室？在我们这个寝室门口，他是不是很多次想踹门进来了？平素日子里，他是忍住了，但是今晚，他实在无法忍下去。忍无可忍，无须再忍。他原本兢兢业业，像完成一项长期事业似的执行着自己的偷听计划，惜乎今晚功亏一篑了。只在那突飞一脚。如此说来，他和陈宝玲一样，是一个手腕上刻着个无形的"忍"字的人？那么，我是不是也该对他有一丝钦佩之意呢？

这是迄今我仍无法得到确切答案的一些无甚意义的问题。

另外，我想，我们是否应该感到惊怖的？等天一亮，赵老师就会跑到学校，跑到我们的村里，大肆宣布我们的劣行，而人们大概轻易就会相信他的话。难道不是事实吗？进而，一传十，十传百，人们都会交头接耳，窃窃私语，老师、村人、家长便对我们侧目而视了。所以，我们是应该感到惊怖的。但我又有一种"整张纸都捅破了，事情也就这样了"的麻木感觉，所以谈不上有多惊怖。或许，冥冥之中，我还曾有过希望"这张纸早点被捅破，这扇门早点被踹开"的念头呢。

我应该还曾在黑暗中设想，明天，该是要翻天覆地了，赵老师这里，该换过一副模样了吧。

夜里思绪万千时，明天好像永远不会来似的，但明天终究是会来的。

我们起床。大家都不怎么说话，大概因为昨夜说疲了。没有商量过的，我们今天预期都要做乖小孩的。昨夜，我太迟入梦境，今天早上醒来脸有点木知木觉，需要用手抻一抻，相信其他人也差不多。下楼，发现赵老师如往常般已出现在厨房里，拾掇我们的早餐。他还没到学校，也没一口气跑到我们村里去。除了脸色比往常更严峻更黑一点外，他似乎没什么变化，没有立地爆炸开来。

早饭的粥，我们吃得倒比平常更快。不知其他人如何——大概是差不离的——我心下有点歉然，不过旁人肯定看不出来。

出后巷走没多远，其他寝室的人飞奔过来，与我们凑在了一块儿，忙不迭问昨晚发生了什么。我怀疑，赵老师在窗口都还看得见我们这样飞速黏聚一起。但我们这时候完全醒了过来了，等不及他们问话完毕，夸张好几倍，将昨夜的豪举手舞足蹈叙说一番。有人甚至模拟起赵老师踹门的动作，在空中飞踢一脚，有李小龙的韵味。我们没有人真看见赵老师就是这么个动作，但眼下，这么一个浮夸的动作深深印在我们的脑海，打上了赵老师的标记。等我们说完演示完，笼罩在今晨我们头顶上异样的低空云层才稍稍开释，我们觉得我们开始恢复正常了。其他寝室的听众／观众们，都带着点吃惊而赞佩的目光看我们。

他们也开始猜想，赵老师有没有偷听过他们的房间？而他们有什么忘恩负义、大逆不道的话被他听了去？可他终究没踹他们的门不是？——好像我们运气好，得了另类的奖赏。

不拿凳子去抵住，我们寝室的门就关不牢。"踹门事件"后第二天下午，我们从学校回来，发现插销已重新装上了。赵老师那天下午没课。在我看来，这效率是快的。

赵老师似乎很快把事情抛诸脑后了，至少表面看来是如此。按照他稍早新规划的辅导课程，该怎么辅导，还是怎么给我们辅导；又要考试了，该画的重点，还是给我们画。章丽华不怎么喜欢跟我们说话了，时不时让我们吃上一个白眼。她的记性应该比赵老师强。

我们的父母在我们这儿听说了这件事，说我们调皮，把我们骂上几句。以后与赵老师碰见，双方都客客气气。赵老师当着我们父母的面，不说什么坏话，我父母也就顺理成章不给他道什么歉。我们的坏，我们家里知道，家里小惩大诫就好。而且，好像，这也算不上怎么坏的。

不管是我们，还是赵老师，都知道大势已定。后来，赵老师大概再无兴致到我们的门外偷听，而我们也懒得再去说他的什么坏话。我们要做的，就是在剩余的时间内各自走完该走的过场。

出乎我们的意料，大概也出乎赵老师的意料，第一学期结束后，没多少人离开赵老师家。而且，新学期开始，的确有一些新人入住赵老师家里。加加减减，赵老师家里，住了比之前多了一点的人。还留在那儿的人，或许觉得赵老师家没我们说的那么坏，别的老师家也不一定好到哪里去，因此懒得挪窝，能不动就不动。

马旭去了那个英语老师家，王宝树也跟了过去。马旭的成绩还是未能进入全年级前五十名，不过英语大概是比之前好一点的。王宝树则无足论。

父母另外给我找了一个姓胡的数学老师，我在她那里住了两年多时间。我的数学成绩并没有更好一点，坏了胡老师的一点名声。

此外，还有一两人离开赵老师家。我不知道他们的去向。我们消失在彼此的人生之中。

分开后，我感到有一点小遗憾的是，我们那个融洽而欢乐的小团体四分五裂了。当然，我们很快有了新的小团体，但是否像旧的那样融洽而欢乐？年纪轻轻，我竟有点怀旧起来了。

马旭还在七班，还上赵老师的地理课。他的消息比我灵通。是他跟我说的，在赵老师家，陈俊虎偷了一个新入住的同学的钱包，被抓了个正着，两人打了一架。赵老师向陈俊虎的家里人反映了，甚至有劝退的意思。后来，陈俊虎跟陈宝玲住到教自然课的金老师家里去了。我在学校常遇到陈俊虎，不觉得他有什么两样，但不怎么说话了。

新学期伊始，我父母才到赵老师家去拿我的旧行李，一路搬到胡老师家里去。我没跟去，觉得跟赵老师章丽华他们碰到脸要红的，倒显得我胆小皮薄了。听他们说，赵老师和章丽华，还是很热情的。

在学校里，偶尔看见赵老师，我能躲则躲，躲不了就跟他打声招呼，他含糊应一声。总是这样。不然还能怎样？往后，我很少经过赵老师所在的那个街区。

有时候，我会同情起赵老师。但很显然，他不需要我的同情。我也没什么资格同情。

大概在我念高中那会儿，听说教育局出台了什么政策，限制进而禁止初中老师这样大规模带学生了。可想而知，有些老师家的大房子必定空得厉害！后来，听说赵老师换了幢房子住。再后来，又听说，赵老师不在城中教书了，一家子跑去丽水某地，和人合伙办了所学校，当校长或副校长。他是一跃而成了领导、大人物了，或许，用我们村的标准，他成了个老板了。近来，听说赵老师已经回来了，在下面一个镇上的中学当领导。可想而知，日子更安稳。我想，现在走在路上，我还能认出他来，章丽华倒不一定，芊芊是铁定不相识的。赵老师他们不一定认识我。

现在，我会重复做一个相似的梦：我再次回到赵老师所在的那幢房子里。房子上有一种幽暗的光。我从后门进去时，他们一堆人似乎正在前厅吃饭。没有人阻拦我，不让我进门，只是他们做什么事，全跟我无关似的。很快，我上了楼梯，去到四楼，并不一定去以前住过的寝室，而来到对面我没住过的寝室。寝室内，空无一人，只我一个。我在一张床上坐着，看着堆积了许多杂物的四周，好像全部是我父母留下而没帮我拿走的，我因之生出一种甜蜜感——这些都是我的。偶尔在楼梯上碰见赵老师，但他见到我，并不意外。事实是，他好像完全看不见我。我成了一种透明的存在。梦中，我也不固定待在赵老师家里，偶尔出门买一本杂志什么的，晃荡了一圈又回来坐在寝室里。来去自如。我觉得这里已经不属于我了，又觉得自己还属于这里。

2017 年 7—8 月

迷魂记

一

薛冰家的人，做事总比人慢一拍。都这光景了，薛冰还没找到婆家。

薛冰的发育，似乎也比一般女孩子迟钝。有一阵子，不知道怎么弄的，像极了假小子。薛冰害怕照相，总觉得照出来的不是自己，是怪异的陌生人。现在，她偶尔瞥见抽屉里中学毕业照中的那个人：短发，头歪眼斜，神情木讷，小胸脯，夹杂在一群早熟妖娆的少女中间，也相当惹眼。

在自己那群搭子里，薛太太是出了名的会打扮——可能太会打扮了一点。薛太太经常打趣说："也不知道薛冰是不是我生的。"偶尔还会说："我生了两个儿子。"

还好，大学毕业后，薛冰还算过得去了。也不晓得她是怎么开窍的，反正是开窍了。相熟的人见了面，都会"美女美女"地喊薛家母女。不管他们是真心还是假意，母女俩都笑逐颜开。就算只赞美其中一个，仿佛也是对另外一个的表扬。现在，薛太太很热衷的一个话题是：某某家的女儿，小时候那个水灵，可惜现在都长歪了。像那个陈小姐、那个苏小姐，等等。

薛冰和她弟弟，小时候是一对活宝。好的时候可以同穿一条裤子一条裙子；不好的时候，就狠抓对方头发。每次薛先生看见，就把薛冰拉到一旁，轻声细语道："哎呀呀，你怎么蛮成这个样子？"

念高中那会儿，薛太太是怎么也不担心薛冰早恋的。薛太太倒是知道，薛冰"糊里糊涂"，和几个男同学"结拜"了，以兄妹相称。说她"蛮"，一点没冤枉她。

一堆干哥哥。不只她自己班上的，还有别班里的。有学生会成员，也有很会调皮捣蛋的。不过，薛太太知道，不管调不调皮，他们都是大富人家出身。他们的父母，薛太太未必都认识，但在牌桌上，她听过不少他们的事。

薛太太嘴上劝薛冰不要老跟干哥哥胡闹，心下却觉得来往来往也是好的。她有些好奇，薛冰怎么跟他们混到一起的？

薛冰和女同学不是很合得来，话没说几句，就要被赏白眼。有一个姓朱的干哥哥，觉得薛冰"气质特别"，不像一般的女孩子扭捏，时不时找她说话。有一段时间，薛冰还以为他喜欢上她了，得意过一阵，很快发现他其实只喜欢胸大的女孩子而已。几个男的准备在朱哥哥家结拜那天，薛冰正好在，吵着也要加入。众人一时兴起，答应了她。

"好吧，好吧。反正你不像个女的，不会破坏我们的兄弟情。"

聚在一起，无非吃喝玩乐。他们笑薛冰像男人，以后肯定嫁不出去。薛冰也不生气，笑着回说："为什么要嫁你们这些臭男人！"

她越这样说，他们越开心，薛冰也跟着开心。他们笑得过火，她自己还要添把柴：结不了婚，自然不会有孩子。那么，她要当他们每个孩子的干妈。大家都笑着说，可以！

照韩国电视剧的演法，和男一号过从甚密的神经兮兮的女主角往往会引起女二号、三号、四号……N号的恨意，甚至杀意。薛冰没这方面的烦扰，相反，那些女配角们因此看重了薛冰一些，明里暗里向薛冰打听那个小圈子里的事：他们什么血型星座？谈过几次恋爱？历任女朋友叫什么名字？平时去哪些地方玩儿？他们不怎么乐意读书吧？或者很乐意？以后想考什么大学？温州本地的上海的北京的香港的还是纽约的？……

薛冰知无不言言无不尽。很奇怪，她迫切想讨好这些同性。她怕她们，她希望她们可以喜欢她多一点，好像这样一来，她也会多喜欢自己一点。她们没有过半点怀疑：薛冰和他们会有什么进一步的发展？

只有少数人觉得，薛冰是扮猪吃老虎的主儿，得小心提防着。

大学毕业没多久，薛太太有一次试探着问薛冰有没有交过男朋友？薛冰嗫嚅着说"有"，但已经分手。她说得有一丝卑怯，像是吃过什么苦头。薛太太只是笑，好像是原谅薛冰一时糊涂的意思，没有追问下去。

别人开始问起薛冰的婚事，薛太太先回说："她大学才刚毕业。"薛冰毕业了一年，薛太太仍旧说："她才刚毕业。"口气之不耐，仿佛任何打听薛冰婚事的人都没安好心。

薛太太又跟人说："现在时代不一样了。女孩子自己都有主意。"

别人说："那是那是，没准你眼睛都没眨一下，好事就成了。"

本地女孩子，除非父母真有金山银山，大学毕业后都会找个工作，以示贤良淑德。也能多认识些人，扩大交际。工资不高不要紧，不要工资的也很多。

五六年前，薛先生在乡下有一家废旧金属回收厂，后来光荣结业了。薛先生发财发得比人迟，退得却比人早。现在，对于他的"壮年早退"，对外统一有一套说辞："现在生意不好做啊！特别是实业！"咳咳。"我近来的身体也不怎么好，不如早点休息。"咳咳。薛家有些家底，总有人金玉良言规劝薛先生重出江湖，薛先生每次都说那些话应对。

刻下，薛先生在省内好几个城市置了产业，光房租，"一年就有几十万"——外头都这么传。

"你们家，用不着急的。"有亲戚朋友说，指的是薛冰的婚事。

有人找薛先生借钱，薛先生利息开得却比人高一分，"这已经是给你们便宜了的"，他们不借，自然会有别的人借。本来，有几个亲戚在开很体面的公司，薛冰可以过去坐个位子，这下也没了。也有干哥哥说要给薛冰介绍工作的，被她干脆利落地拒绝了。

既然薛先生薛太太不事生产，薛冰也就有底气待字闺中！开销倒不小。薛家夫妇认为，女人真不用赚什么工资的。"可能还不够我一晚上输的。"薛太太说。

薛太太说："我的要求很低，真的很低。"薛冰的未来老公，房子是要有的，车子也是要有的——这些都是"基本款"，"不信？随便去大街上拉个人问问看？"大不了，薛家给他买车好了，如果他真乐意的话！

自然而然地，家里人授命薛冰去相亲，也迟人家一步。其间，薛冰收喜糖无数，还参加过几次满月酒。她去吃酒，有一种独特的乐趣，有一种参与自己不曾有的生活的刺激。

薛太太"碍了朋友的面子"，让薛冰露了几次面，还陪她到过一次男方家中，因为听说男方家是有名的蛮横廉悍。匆匆见过，各自无下文。

　　无声无息地，堂表姐妹都有主了。别人等着看戏，薛家才急起来，到处撒网。凡能达到"基本款"的，请介绍无妨。

　　薛冰玩笑似的说："你们这么急干吗？"

　　薛先生仿佛后怕了，说："话不是这么讲的。一年又一年，影儿一样晃过去。"

　　薛冰仍不当一回事，介绍来的人，只要问她意见，都说"不错"，但"不错"归"不错"，薛冰总和人见了三两次就说不见了。

　　薛太太说："你先拣一拣也没关系，不过我们总要给人家一个理由，不然下不了台的。"

　　找理由，永远是简单的事情：这人太瘦，比她还瘦；这人初初看上去还周正，面对面坐在一起，就发现他有点斜眼儿；这人她是听见他悄悄打手机的，炒股票的，输了百来万的；这人聊天时露了马脚，他爹欠太多债前段时间丢下工厂不要跑马来西亚去了。这些事都没打听过，介绍人是干什么吃的……

　　薛太太庆幸薛冰没她想的那般不通人事，又恨介绍人视她的"基本款"为无物。薛太太把薛冰的话重复给介绍人听，虽然降了好些调，去了好些火，仍得罪了好一些人。

　　虽然在薛太太面前喜撂狠话，表示要看上这些要相亲的男人有些难，但只要有新人报到，薛冰都会尽力敷衍。

　　薛冰惯于俯首低眉。她害怕与他们四目相对，不小心失控一下，会忍不住笑出声来的。但偶尔抬起头看一眼，停留的时间总比惯常久一点。在旁人眼中，她既娇羞又有一种痴迷的神气，没几下就让人觉得，她是喜欢他们的。

　　然而，就是没下文。

有一段时间，薛冰像得了懒病，叫她挪身吃个饭也像是逼她做苦力一样，让人看见就不舒服。除了和弟弟要要，也不见她和什么人来往，每天就在房间里闷着。就是在这个时候，薛太太第一次觉得哪里不对劲了。

有一次，赶上薛冰要出去，薛太太就问她"去哪儿"。薛冰说了个名字，姓朱的，薛太太记得是她以前那些干哥哥中的一个。

晚上回来，薛太太趁机打探消息。薛冰说，他们差不多全结婚了，好像只有朱哥哥还在潇洒人间。

薛太太连"噢"了好几声，然后轻轻憋出一句："叫他们多来我们这边玩玩。"

话虽这么说，但看见干哥哥真的拖家带口来薛家小坐，薛太太的兴致也不是特别高。

等人都走了，薛太太对薛冰说："要求不用太高。"在薛太太看来，晚上同来的几个女的，还比不上薛冰哩。

薛冰马上回嘴："是你要求高。"

一句话噎得薛太太跳将起来，张嘴想说什么，却什么也说不出来。眨眼间，薛冰已飞速转身回了卧室，只留薛太太一个呆立在背后。

母女没有隔夜仇，虽然她们也冷战了几日。

中秋节过没多久，传闻薛家喜事将近。对方是旧相识，姓陈，以前是薛先生的同行，现在改做房地产生意了。

媒人来说时，薛太太还不信，再去打听，知道陈家今非昔比，单在新城区，就有两三套房子。

见面、喝咖啡、吃饭、逛街、收花、唱 KTV……一切都按既定流程来。他相貌庸常，抽点烟也喝点酒。家里就他一个儿子，铁定要继承家业的。他有雄心，希望以后将家业再发扬光大。不管是真心还是假意，他对她毕恭毕敬温柔体贴。五大三粗的人，一点不猴急，看不出有什么毛病儿。他与她一样的岁数，有点着急马上成家立业。

见了三四次，薛冰竟挑不出对方半点毛病来。她想，这样一个人，她原本是可能喜欢的。在她看来，他平常得面目模糊，这是让她觉得心安的。她想，这或许是她最接近幸福的一次。但她还是守住了，轻易不让自己幸福。

不久，陈家提出订婚，薛家乐开了花，四处散布说，男方已经要找师傅合八字算日子了。

薛冰惊恐、惶惑、愤怒，觉得一切伪装都被剥光——仿佛人们里应外合，一下子就把她卖了——一时之间又找不到说辞抹黑对方，只恨陈家招出得太突然——其实，当地男女见个两三次就订婚稀松平常，结婚的都有——没有其他办法，只斩截说"不要""不行"。颠来倒去的，就只是这几句。

看她态度坚决，薛先生就说："那再看段时间好了。那边也可以商量的。"

薛冰这边，仍不留任何余地。后来，薛冰时常想，如果陈家不这么急的话，没准就成了。转念，或许不能说陈家人"急"的，是她太简慢了。

这让薛先生也丈二和尚摸不到头了。

众人指明利害关系，薛冰还是硬颈。

薛太太光火至极，连停了几日牌局。薛先生一个劲地说："实在搞不懂！"他说得颓唐，薛冰听来，只觉得比责骂更沉重。

陈家打电话来，把话讲得和声和气：两个孩子暂时不订婚，一点事儿没有，再多在一起了解了解看看，好事成不成那得看缘分，如果没缘分，就当多结识一个朋友也是好的。

薛太太黯然对薛先生说："陈家识大体。"

对方给薛冰打手机，她一看是他名字就挂断。手机连响两次之后，再无声息。

薛先生对薛太太说："薛冰看不上，那男的总归是哪里有什么不好我们不知道。那这次就算了，再看看，再看看。"

薛太太将气撒在薛先生头上。在她眼中，没有比陈家更好的人选了。

慢慢地，连薛先生也觉得事有蹊跷了：介绍来的人，薛冰连见都不愿去见。随便敷衍敷衍，哪有那么费力？和她说话，要么"嗯嗯呀呀"回几声，要么就一声不吭。哪能干坐着，白白错失良机呢？

怒火在沉默中爆发。薛冰跟薛太太吵了几次架，落了下风，看见一直当和事佬的薛先生也没好声气。薛太太嫌薛先生不会管薛冰，也吵了好几回。

薛太太似乎有点怕薛冰了。冷淡了两天，加倍嘘寒问暖，但不久还是安排人来。最初一两个，薛冰像是出于歉意，又敷衍再三，接着故态复萌。

薛太太跟人说："我现在什么都好，就是被薛冰给碍着！"

薛家家族上的一些长辈催薛先生赶快给薛冰找婆家，又怪肯定是薛太太怂恿的，薛冰才会这么挑。薛太太因此觉得非常委屈。

有时候，连薛冰自己也问自己：为什么不挑一个算了？同时，脑子又蹦出个声音来：只能这样了吗？

转念，她又仿佛听到很多人在她耳边叱骂：你把自己当什么东西了？

和干哥哥见面时，薛冰沉默了许多，仿佛别人的幸福拂得她的双唇冰凉。

朱哥哥对她说："你怎么有点不一样了！"仿佛在惋惜什么。

有一天晚上，薛冰在外头吃饭，回家有些晚，《新闻联播》在重播了。她发现薛先生薛太太还坐在客厅中看电视。他们家的客厅大，沙发与电视隔得很远。客厅的灯没开，薛先生薛太太正肃穆地看《非诚勿扰》。薛先生不时点评节目中的人，声音有些嘶哑，仿佛近来说了太多话。薛太太没有附和他，弯着背一声不吭，身上包着一张毛毯，整个人的体积仿佛缩小了三分之一。

电视射出的白色光束射到薛先生薛太太的脸上，薛冰才看到他们的脸，有些模糊，有些倦怠，还有些不忿。

她一声不响，快步走向自己的房间。

二

之前，有人跟薛冰说，如果到三十岁，她还没结婚，他也没结，那么就凑合凑合，他和她结算了。说的时候，她毫不在意，现在却常常想起。

那时，周末她总应约到干哥哥家耍一耍。街都逛烂了，不如搓个麻将。薛冰自小看薛先生薛太太搓麻将搓到大，无师自通。

薛冰每次都吵着要上桌，兴致来得快去得也快，只要连着四五盘没和到，就像一下子被刺破的气球，吵着说"不玩了"。

如果赢，干哥哥会赔钱给她；如果输，自然不要她的钱，真是无本万利的营生。她想，不能白拿了人家的。斟茶倒水的活，总是要干的。

有嫂子来的日子，薛冰拘谨许多。干哥哥厮杀时，她觉得自己有责任招呼她们。可话没说几句，嫂子就要跑去干哥哥那边去。嫂子来来往往，有一些她原本就认识，有些不认识，有些认识了但很快又不认识。但不管认不认识，她们都像是同个模子里刻出来的：和薛冰颠个倒就是了。

有时候，桌边的人太多，只薛冰坐在电脑桌边，嫂子会远远地抛一句话给她。偶尔有人误会她也是"大嫂团"的一员，让薛冰高兴好一会儿。

人多，得轮流着上阵，一打就是一个下午，晚饭，晚上再继续。站在"岸边"的人，照顾不太到女朋友。他们会说："有事你先走。"越这么说，越是要留下。

青春少艾中，薛冰还时常看到一个矮胖的男生，只看不"下海"，一直站在"岸边"。

他通常穿一件灰色系衣服，不很惹眼。他不固定站在牌桌边一个位置，而要踱来踱去。踱到没意思，会睃一眼电脑，睃一眼书架，睃一眼身边的女孩子，都很不经意似的。有时候，会望得久一点，但一碰到少女们的回望，马上扭头，观望起桌上的战况来。

偶尔，他会砸吧着嘴巴，想说什么然而没说出来，又像在回味哪个人哪一手妙着，脸却有些红了。他有些儿胖，有许多女人艳羡的"苹果肌"，像天生有一种羞涩感。

因为见面频率高，薛冰很快知道他叫崔东城，念隔壁班的，是朱哥哥儿时的一个邻居。小时候，朱哥哥也住乡下。他家很早就发了迹，很早就搬了。

仿佛当崔东城是正儿八百的客人，干哥哥对他还挺客气的。每次落桌前，先问他说要不要来两手？崔东城总说"看看就行，看看就行"。问过一次就算，不强求。

不同于一班女眷，崔东城似乎深谙观牌不语的道理。就算他踱了一圈又一圈，脸上都还是那欲说还休的神情。没人嫌他在身边转悠而烦躁，遇到费斟酌处，往往还会问他的意见。如果在别家转悠过了，崔东城就不参与意见，碰巧没转悠过，他准会知无不言言无不尽。

薛冰想，难得被他抓到一次机会，恐怕是等了很久吧。想到这里，她忍不住扑哧笑一声，崔东城迅疾地睃她一眼。

不过，崔东城语速慢，说一句就要停下来想一下。牌局不等人，因此，话说一半就被飞扔出去的牌张打断是常有的事。崔东城只好含糊哼笑两声，或顾自低声把未完的话续完。

有一天，人还没到齐，就说要开局。薛冰没兴致，其他一两位很爱说却不爱打的女眷更是不搭腔。

几个干哥哥，都想崔东城坐下来的。朱哥哥不在，崔东城早早来了，正在翻书，《红与黑》。

"还看什么书呀！"有人说。

众人都望着崔东城。女眷叽叽喳喳。崔东城将书页拨得哗哗响，洗扑克牌似的。

推不掉，又不好掉头走，最后，他长吁一口气，硬坐上去。"人一到，我就是要下的。"

"多打一会儿！平时听你讲得头头是道，不知道打得怎么样？"

他在恭维中似乎嗅到了一丝危情，很快敛住了笑容，位置还没坐暖，又问好几次：其他人什么时候到？真的要"四家顶"吗？

"你要不要上？"他突然转头问薛冰。

在薛冰的记忆中，这似乎是他第一次与她说话，可他却问得像早已跟她熟门熟路。她马上回说："你都已经坐下来了，还想起来？"众人笑，崔东城马上如惯常般地撇过脸去。

明知道他们平时打多大，崔东城又问过一次，仿佛预计自己要输，先估摸一下要输多少。最后，他嚷一声"太大了"。

一片哄笑。最后说明，如果崔东城输，出一半就成。他偏又连连说："这怎么行？这怎么行？"

"如果我们输，让我们出一半行不行？"

"这怎么行？这怎么行？"

又是笑。众人巴不得朱哥哥不要来了。

没打多久，薛冰走开去拿水果，突然听见有人喊："看见没有，看见没有，崔东城手在抖呢！抖得这么厉害，不是发羊癫疯吧？"薛冰急忙撒手跑过去看。

果然，仿佛因为空调开得太冷，崔东城执麻将的手抖震不止，面前的牌一不小心就会被震翻的样子；另一只手垂直隐没在桌子底下，估计也在抖，他那样子，就像独臂人笨拙地掩藏假肢一样。崔东城额头上沁出一层细汗，沉重地呼吸着，整张脸涨成了猪肝红。

崔东城的对家，东南西北风都碰上了，摆出"四风齐"的阵势。虽然人人都盯着崔东城看，崔东城却只盯着自己的牌看。原本捉起的牌，颤抖着又放下。牌没放好，倒了，原来是一张"發"。

"干脆，把手剁了！"薛冰嬉笑道。

崔东城转头看一眼薛冰，恶狠狠冷飕飕，就跟武打片里的大侠怒视妖女一样。

一个嫂子对薛冰说："你真是太坏了。"眼睛跟着眨巴两下，似有鼓励她继续的意思，薛冰却生出一丝后怕，脸讪讪的，虽欲张口，但终究没说话。

对家问崔东城："你打还是不打？你打这张'發'，我就要和了。求求你行个好，喂我一张，让我赢了这把，就让你下去！"

"然后我上场。"仿佛水到渠成，薛冰冲口而出。说完，她又后悔了。嘴巴为什么这么难管紧？

崔东城握拳松拳，然而仍抖得厉害。又有人问崔东城："要不要给你叫救护车？"

崔东城埋头，压低嗓子怒吼："别吵我！"

"别吵他别吵他，让他慢慢想。"

薛冰慢步挪到崔东城身后。她看他的牌，他也回头看她，目光警惕，脸上仍旧有那种难得一见的狠劲。很快又回转过去看牌，薛冰也跟着看。

不看不打紧，一看吓一跳。崔东城手上正在做"对对和"，明着不过碰了两对，对子都藏在里头。打掉手上的闲张兼险张"發"，就听和了。"财神"帮忙，听三张牌，左右逢源。薛冰虽仍觉得十足发噱，却不禁想给他出个主意。照她的个性，怎么也是要搏一把的。

崔东城仍犹疑再三。又有人说了句："快点，快点，玩不起就不要玩了。"玩笑懒得再开，似乎纯粹是嫌恶了。这下，薛冰以为是要掀桌子干架，可崔东城还没发作，只喘着粗气，颤抖着手，把"發"丢了出去。

下家喊一声"和"，手却去摸新牌，补一句"骗你的"，笑声中将新摸的牌丢出去了——游戏仿佛还要无止尽地进行下去。

说时迟那时快，崔东城圆滚滚的手飞伸出去，捉住那张牌，像捉一只蚱蜢，跟着如洪钟般喊一声"和"。场内似乎有什么东西被撕裂了。

有那么一刻，薛冰想，他该不会疯了吧！

众人仔细检查，发现并非诈和。做"四风齐"的，想把麻将往崔东城身上丢的样子。崔东城乐呵呵地望着对家，好像大仇得报。

薛冰冷笑一声，往旁边走了。

房内的怨念，如炽焰般燃起。洗牌声响而快，都没有洗开就已经"开砌"了。下一局打得长，最后有人"屁和"。兴奋过后，崔东城似乎在后怕，手仍会间歇性地抖两下。

又重新洗牌。朱哥哥到了，只崔东城一人着急起身，郑重欢迎，搞得朱哥哥丈二和尚摸不到头。

新人上场，旧人结账。有人对崔东城说："你急什么急？不会欠你的就是了。"

另有人说："结吧结吧，先给他结了。"

收了钱，崔东城站在"岸边"不是，又矜着脸不往薛冰这边来。孤零零在书架边翻会儿书就出去了，像是出去买冷饮的样子。

过了一会儿，打牌的人才发觉崔东城已经不在了。不知是谁骂了一句："他拿了钱就逃了。"

另外有人赶忙给朱哥哥描述刚才的"重大事故"：崔东城整个人——不止手——抖得不知道像个什么样子！

"我没看到，真是太可惜了！"

经此一役，薛冰以为再见不到崔东城。然而，像什么都没有发生过一样，下次聚会，崔东城还是来。不光崔东城，干哥哥的忘性也很大。也是，没有人像她那样，一点点龃龉，都要在心里摆很久。

渐渐地，薛冰知道了多一点崔东城的事。他是家中幼子，上面有三个哥哥两个姐姐，只有他是超生的。本地上一辈人生养都多，即使现在，家里有两三个小孩的也不少见，反正罚得起。他老家在乡下，大哥结婚了在城里上班。他考到这所高中，不用住校住大哥家里，省了一笔住宿费。不过，他很喜欢在学校宿舍里溜达，下课先在学校食堂吃过饭，再去宿舍玩，找人下棋——象棋围棋军棋五子棋，他都擅长，也打扑克。他们也是玩钱的，当然不大。最后谁赢得多，出钱去买现炒瓜子花生。有时候要玩到宿舍熄灯，他才肯回住处。

干哥哥聚餐，叫崔东城，总说家里煮好饭了。到底吃了几次饭。总有人抢着付钱，崔东城不和别人争这种荣光。饭桌上，他格外沉默，食欲似乎也不甚佳，却喝很多酒。

他喝酒不上脸，那抹酡红是本来就有的。酒酣耳热，大家分了烟来抽，也给崔东城递，就像要他命似的，坚不肯受。薛冰知道，总有人这么想：既然吸烟了就不喝酒，喝酒了就不吸烟。仿佛沾了一样再沾第二样，就是十足的蠢蛋，他可精明着呢。

他千杯不倒，还不是让她最意外的，她最意外的，是他竟然有一个女朋友。

"怎么都不把女朋友带过来给我们瞧瞧？怕我们抢吗？"总有人这么问他。

"我们不是成天泡在一起的。我有我的事。"崔东城说。

"你女朋友好不好？"

"谁也没有她这么好。"

眼角眉梢，骄傲满溢。薛冰不免更轻视他了，想起他不老实的眼珠子来。

春日的一个午后。薛冰吃过午饭，无事，很早去了学校，靠在教学楼三楼栏杆上晒太阳，蓦然看见食堂通往校门那条白晃晃的走道上，崔东城和一个长发飘飘的女孩子走在一起。一如既往，他穿一件灰色的衣服，在炽烈的阳光下，显得明亮了一些。她则穿了一件白衣服。

二人的身高差不了多少，并排走在一起，却不怎么亲昵：他没牵她的手，只是走着。他们就这样稀松平常走着路，薛冰却有一种刺痛之感。

距离太远，看不清她的模样，唯一留下的印象就是"头发很长"。想来，该是美的吧。

他送她走到停自行车的天蓝色棚子内取车，然后看她骑车出了校门再转身离开。转身那一霎，薛冰赶忙往里躲。此后，那个下午就在昏聩中消逝了。

高考前，出了件事——朱哥哥抢了崔东城的女朋友。女方是崔东城少时的邻居，也是朱哥哥的邻居。

别人都知道了，薛冰才知道。迟钝，永远地迟钝。知道了，她心中生出一股奔腾的快意。看见崔东城，就想放声大笑。

除了表情比惯常阴郁些，少在男生宿舍走动，崔东城似乎还是那个崔东城。薛冰不免又暗自生气：心肝命碗似的女朋友跑了，他不是应该伤心欲绝再不想活的吗？电视剧都是这样演的。

那个初夏最热门的话题莫不过此。有女同学对薛冰说，幸亏崔东城不是他们班上的，不然肯定天天打架。

"不会的！"薛冰说。

让薛冰意外的是，崔东城偶尔还现身周末聚会。他大概是找准了机会，知道朱哥哥不在才去。有时候，崔东城先来，看朱哥哥在，待一会儿就走；或者他先来，朱哥哥后到，他也磨叽一会儿再走。人们见不得他们两人同时在场，都替他们尴尬。

有几次朱哥哥不在，薛冰故意说起他，前一句"朱哥哥"，后一句"朱哥哥"。崔东城轻声重复她的话，前一句"朱哥哥"，后一句"朱哥哥"。她靠他近，才听得真切。

过了很久，她才明白过来，他不是在重复她的话，他叫的是"猪哥哥"。

干哥哥中，有特别正气的，同情崔东城的遭遇。怎么说，毕竟是朋友，还是发小，朋友妻不可戏。很快，朱哥哥不大来了，可能是知情识趣了，也可能是埋头温书迎考去了。

只剩崔东城。人们不提这桩"横刀夺爱事件"，他却主动提起，仿佛好了疮疤忘了痛。

"刚失恋那会儿，我痛苦极了。"

旁人总会安慰几句"天涯何处无芳草"一类的话，薛冰也会虚情假意随口附和几句。

"我这个人，老是受打击，没完没了的。"隔三岔五，他就这样说。即使没人搭腔，他也要说，仿佛是一种自愈的方式。

高考后，朱哥哥到处炫耀新女友原来是处女。崔东城噢，看不出来噢，原来是老实人噢，恐怕连嘴都没亲过噢。

薛冰终于见到了她——现在该叫"嫂子"了。人们夸她漂亮，薛冰也这么认为。

成绩出来，薛冰考到一家野鸡学校，在杭州。薛家走访了一些人，还是没办法，说成绩实在是有些难看了，帮不上忙——或者其实根本不想帮而已。

薛太太不愿薛冰高复，怕之后考得更糟。不如早点读早点毕业，之后找个事情然后嫁个好人家。

几个干哥哥，玩归玩，都给家里争了脸，进了重点大学，多在省内。崔东城的消息，也辗转传到薛冰那里：他考了杭州一家学校，念的是中文系。那是一家以工科为主的大学，中文系只是点缀。

一整个暑假，薛冰没见到他的面，听说都待在乡下，似乎有些失意，但与她一样，是铁了心不走高复这一途了。

薛冰想：或许是女朋友的事影响了他，不然可以考好点。

干哥哥前几年过得苦兮兮，现在终于解放。既然已经上大学，要出得课堂，进得娱乐场，泡得大染缸。薛冰与他们见得少了。

三不五时，还是会小聚一下。他们说，杭州又不大，只要稍微有点心的，随时都可以出来。见面了，西湖是不要逛的，楼外楼是要坐一坐的。薛冰惊奇于他们的派头，不过一个暑假的光景，好几位家里在杭州置了业，不必住校，摇身一变，仿佛成杭州人了。那时的房价，还不是一月一变，四五年后，同样的价钱最多只能买半套。薛先生当时没有行动，又落于人后了。

薛冰参观那些装饰华美大而无当的客厅、厨房、阳台，忍不住说："反正这么空，不如搬张台打个麻将。"

"你这个木瓜脑袋！手这么痒？"

无人有雅兴，凑不成局。

不过一个学期，朱哥哥便飞了女朋友，原因不明。

崔东城和朱哥哥又能同居一室了。似乎有了更深一层的联系，交情比以前还好些。起先也不怎么说话，但桌上大家齐碰杯时，故意找对方杯子，郑重其事地碰一下。男人的世界，是可以这么一笑泯恩仇的，薛冰不很理解。

饭桌上，崔东城话更多，喝得也比以前多。能喝的人自己喝，不算什么，让不能喝、假装不能喝、不能喝但假装能喝、不能喝也不假装能喝的人喝，才叫真本事。

某一年，暑假前一段时间，杭州热得像蒸笼了。崔东城招饮，地点在他学校后门。彼处彼时正在造高架桥，饭店匍匐在一段已造好的桥梁下，安于一隅，灰头土脸。

薛冰按时到了。大堂里只寥寥几桌人，一眼就望见崔东城坐在靠空调的一张桌子，好像也是刚到。他望见了她，面有喜色，使劲挥手，怕她看不见似的。

他穿一件白衬衫，袖子挽到关节处。薛冰朝他走过去，心下有种异样的感觉——这大概是他们第一次单独碰头。不禁笑了，又有些紧张，觉得身体里空荡荡的。

分坐圆桌两端，抬头便可对视。他并不着急说话，她局促地望着窗外。人都到哪儿去了？矮壮的桥墩下冒出了很多小贩，板车上的灯泡瓦黄瓦黄，如流的学生面目模糊。

"你今天很漂亮。"她听见他说。语调低沉，但有些轻佻。

"夸人不是这么夸的。"她条件反射似的回说，很快后悔话中的那丝怒气。他带着笑，两颊肉鼓鼓的，并不回嘴，像只温驯的叭儿狗。

他推了菜单过来。她低头翻看，冷气拂过颈脖。短短几分钟，就翻了两遍，回过头来又翻。最后随便指了几个。

三样鱼，两样肉，一样青菜。侍者重复一遍菜名，然后望崔东城。

"再来一个豆腐羹。其他，等别的人来了再点。"崔东城笑笑说。

两人有一句没一句地说着话。第一个菜还没上，朱哥哥带着新女友到了。他说，原本早就到了，找车位找了很久。

"你们两个人到了很久吧！"

"也没多久。"崔东城说。

人陆续来了，鱼不嫌多，又点了好些菜。

单他们一桌，就让饭店喧嚣起来了。成双成对的，都要坐在一起，最后只好让薛冰挪位置，挪到崔东城那里去。他只能斜了眼儿来望她。

男人喝酒，女眷喝奶。席间问起崔东城的近况。他说，暑假他准备到一家杭州报社实习了。

"他妈的！敬大记者一杯！社会喉舌啊，我最怕了！以后记得多关照兄弟们啊！"

崔东城一边说"不敢不敢"，一边说"一定一定"，又说"没工资拿，之后也不知道能不能留在那儿"，好几杯啤酒已被推着落肚。有人说要喝黄酒，黄酒上桌；又有人说亲戚最近从法国带了几瓶进口红酒来，叫服务员拿开瓶器来。

"崔东城，黄的喝完再换红的。"

"好呀好呀！什么都喝点。"许久未开口的薛冰也插了一句。

先是愣一下，然后现出一种不屑的笑。先是黄的，后是红的，都是一把抢起杯盏，张开嘴，往里面一倒，未经口舌，直接进了喉咙，咕噜都没咕噜一下，没了，仿佛表演什么特技。不用说酒，好像酒杯都能整个吞下去。

"大家都这么说，我怎么好意思不喝呢？"喝完，他让人看空酒杯。

"好样的！好样的！再来一杯！再来一杯！"众人鼓掌、拍桌，拿着酒杯在崔东城面前吡喝着。

"少喝一点，我们都少喝一点。"薛冰说。桌上其他几个女眷也纷纷附和。

"薛冰心疼啦！"有人大叫，"薛冰心疼死啦！"狠命拍桌子，惹得服务员侧目而视。

"我救不了你了。"薛冰滚烫着脸，斜过脸去。

"谢谢，谢谢。"

第四个"谢"字还没说完，又吞了一杯。

酒酣耳热，有人说话吞吞吐吐起来，舌头像是打结了；有人搂着女友说悄悄话，嘴唇快碰到耳垂了；有人手托着额头，闭着眼睛像在沉思；还有人讲起了一桩新闻：有高中女同学，最近怀孕了。

"你们也快了吧。"崔东城指着其中一对说，肆无忌惮大笑，人们跟着起哄。被指"早生贵子"的一对不以为忤，在人声中相视一笑，幸福甜蜜。

因为和薛冰还不相熟，朱哥哥的新女友问薛冰有没有男朋友。

"没有。"她故作镇定。

这么一句话，提醒了众人，马上重拾旧日的笑话。笑薛冰的男孩子气，笑她的短发，笑她动不动就气嘟嘟的样子，笑她可能到了三十岁还嫁不出去。

奇怪，她一点也不恼。他们说笑说得真好，她也应该跟着笑一笑的。

"如果到三十岁，你还没有结婚，我也没结婚，那么就凑合凑合，我和你结婚算了。"崔东城说。

像是美梦突然被惊醒，薛冰觉得眼前的一切统统不好笑了。

"谁要跟你结婚？跟你结婚？想得倒美。你养得起我吗？你，可以去死了。"她说得气喘吁吁，推他一把。

"我就是想找个富婆把我给包了。"他觍着脸，轻笑着说。

"我不是富婆。"

哄笑。

这只是这个炽热夜晚的一个小插曲，欢愉未曾流失一厘一毫。没人在意什么謷词秽语，也没人留意薛冰的一颦一笑。她端坐着，不时夹菜。余下的良宵，她只觉得在梦游，身边发生的一切，与她再没半点关系。人们的欢声笑语，就像某种催眠曲。但她游荡着，眨眨眼睛、张张嘴巴、笑一笑，心愈加空荡荡了，不能稍微扒开点往里瞧一眼。往后的岁月，她无数次想起这个夜晚，觉得这像极了一个转瞬即逝的梦境。

"崔东城这个人，就是好玩。"有人说。似乎想证明此言非虚，崔东城马上开始挤眉弄眼，几杯酒又咕噜下去了。

"要不要我给你介绍个男朋友？"朱嫂子对薛冰说。

"不要不要。"薛冰说。那迅疾说不的样子，让人觉得她是娇羞了。

菜照吃，酒照喝。有人说，崔东城这个人以前扭扭捏捏的，不爽气。他今天的表现，大家有目共睹，真是让人刮目相看。不断有人叫嚷："东城哥，多喝一点！东城哥，多喝一点！"

"喝就喝。"

"你手抖得太厉害，酒全洒出来了。"

"抖吗？洒了吗？"他将杯子举到眼前，左看右看。红酒在玻璃杯中左摇右晃，到底没溢出来。

有人当场就吐了一地，头趴在桌上哼哼。到了曲终人散的时候，大家都很尽兴，相约下次再见。崔东城付账时，钱包是别人帮他摸出来的。钱包一到手，崔东城就往服务员身上丢。他醉了。

就像各自招领失物，嫂子扶着哥哥往门口走。他们嗫嚅着，然而很听话，异常珍惜此刻扶着他们的人。

薛冰独自走在前头，在路口送人上车。不知道什么时候，崔东城也跟跄着跟上来了，没人扶他。朱嫂子朝崔东城努了努嘴，对薛冰说："要不，你送送他？他学校就在前面。"

"我没醉。"崔东城咯咯笑。

"你还是送送他。"朱嫂子又对薛冰说了一句，才关了车门。

薛冰走到崔东城身边。经过就摆在街边地上的空调排风口，他身上酒气闻着愈加浓重了，还夹杂一股汗水碱湿味。

她对他说一声"走吧"，就自顾走在前头了。有那么一瞬间，她觉得他是不会跟上来的。然而，很快听见身后有脚步声跟着，令人觉得踏实。过马路等红灯时，他赶上了她，并排站在一起，都不说话。

时间不很晚，但踏进崔东城学校后门，薛冰就觉得一片阒静。没几个人，树影婆娑，远处的教学楼透出一排排光亮。崔东城走几步就打个趔趄，将走在右侧的薛冰往读报栏上撞。

"你还好吧？"她在黑暗中问。

等了片刻，她听见两声"嗯嗯"。然而没走几步，他又撞了她一下，力道更强了些，逼她又往里边靠了一些。她心下愤慨，却又享受这轻度的撞击。

"你的宿舍在哪儿？"她觉得已走了很长时间。

崔东城立住脚步环顾，随时可能摔倒的样子。许久，他吐出一句："过头了。"

薛冰觉得他是故意的，没好气地问他："究竟在哪儿？"

崔东城指了指他们之前路过的一幢房子，打了个饱嗝，强压着声音说："那边，302。"薛冰觉得，他是胡乱指指的。不过，她打定主意，把他丢在大楼门口就好。

宿舍管理员是个中年男子。他望一眼崔东城，又望一眼薛冰，然后继续吹电风扇埋首看报。这楼有些年代了，楼梯上只一盏昏暗低度数灯泡，四处弥漫着一股尿臊味，大学生宿舍习闻的打闹声、奔跑声、怒吼声不绝于耳。

薛冰让崔东城走在前头。崔东城靠着扶梯往上走，身体晃荡两下，薛冰没办法，只好去扶他。后面不好扶，她上前两步，一手扶墙，一手扶人。崔东城哼哼两声，似乎将全身重量都往她身上压。每上一层楼，薛冰就看见几个光膀子的男生。有洗完脸路过走道的，有在走道踢足球的。灯光太过昏暗，看不清面目，不过怎么看怎么像扛红砖拉板车的民工。

终于到三楼。站在楼梯口，薛冰望见厕所边相对的 301 和 302。某个房间中，传出剧烈的电脑游戏厮杀声。正要再往前走，倚在她身上的崔东城突然"唔唔"叫起来，薛冰还没反应过来，崔东城突然倒地，手支在楼面上，脚落后楼梯上，秽物冲口而出，薛冰闪避不及，右手右脚都被溅到。褐色呕吐物不很稀，但仍从地上往楼梯下流。席间薛冰滴酒未沾，但也想要跟着吐。很快，崔东城脸面就浸润在秽物中了。起先，他还想强支着起身，顶多只抬脸在空中停顿三两秒，最后整个人呈"大"字形趴着不动了，倒没有再往下滑，像是被秽物阻住了一般。薛冰听见他唧唧哼哼，像是动物发出最后的垂死之声。

薛冰避开秽物，慌忙往下走。

三

正月里，薛太太总是早早起身，虽然夜里睡得不怎么好——或许是被爆仗给闹的。门铃响起，她忍不住战栗，心定了点才去开门。只有在设宴请客时，薛太太才恢复了一点精神气，狠命灌别人酒。

盛情款待之下，人们觉得有责任听一听薛太太诉苦了。不用意外，话题全绕着薛冰打转：

"28岁了！都28岁了！"

"从来没见过脾气这么坏的。"

"我都快被气吐血了。前几天刚去看过医生，说我心脏不好。"

"她就想这样拖下去啊？就这样拖下去啊？我一点都想不通！"

"她要是想嫁的话，肯定是有人要的。她就不会为我们想想。"

薛冰偶尔也会听到几句。她想，她已经绝望到这个地步了，什么事情都拿出去说！当下却不怎么愤恨，只觉得整个人有一种被什么东西吊到了空中或走在玻璃铺就的大路上的感觉。由她说去吧，突然住嘴不说，她反觉得惶恐。

这几天，薛冰睡得格外多，梦也多，醒来就觉得累，仿佛梦里有过无数挣扎搏斗。有时，疲惫中有一股子遗留的甜蜜感，有时只觉得压抑，透不过气来。

初四五的样子，薛冰接到一个高中女同学的电话，通话大概一分钟的时间。她完全记不得这个人了——即使女同学一开口就报了名字——脑子里一片空白。女同学也属晚婚一族，不过，天大的好消息，她终于要结婚了！婚宴，就在今晚！没错！没错！事情实在太多，不好意思现在才通知你！薛冰，你可一定要来啊！

薛冰唯唯诺诺，连连说着祝福的话，挂了电话才回过神来，立马清除通话记录。

总不能老待在房里。出去找东西吃，薛太太正在客厅和人说着话，见她路过，马上闭嘴。薛冰不看也不跟来客打招呼，径直去厨房开冰箱。很快，又听见客厅窸窸窣窣起来。悬在半空中的一颗心，终于又安全着陆。沿来路走回去，倒还在说。来客正问薛太太，你们家儿子有没有女朋友了？

"有，有。"

"好，好。"

一阵笑声。薛冰第一次耳闻小弟有女朋友。再过半年，他要高考。

似乎因为亲朋好友的慰问，薛太太的情绪终于好了一点。薛冰为她高兴。不过，母女俩在屋内狭路相逢，仍旧不说话。薛冰也没想到要先开口。

薛冰以为，这样的状况，会持续很长一段时间，想不到年还没过完，他们就重新振作起来了，到底是乐天派。

初八，天气照常肃冷。街上静了一些。薛冰晚起，赖在床上。不久，听见急促的敲门声。薛先生嚷着，起来快去吃早餐，起来快吃。这几天，一日三餐都得薛先生来叫，不过叫一两声就好，薛冰磨一会儿，也就出去了，她不能饿——今天叫得格外热烈。薛冰穿好衣服，薛先生仍在敲。刚一开门，薛先生就说：

"你妈说，今天日子好。你要不要见一个人？"

"谁？"薛冰迷迷糊糊，好像还在梦里，以为又是哪个多年未见事业有成的亲戚大驾光临。

"介绍人话说得太快，我都没听清楚——不知道是屈还是姓徐？跟你倒是同岁的。"

薛先生望着薛冰，目光焦灼，急切等薛冰任何一个回答：要也罢，不要也罢。

"噢。"鬼使神差，她这么应了一声，心里却想：日子好这么重要？姓什么这么重要？——她怎么又有耐性周旋？不晓得。或许因为没睡饱，脑子一时转不过来。

薛先生喜甚，高叫着"好了好了"——餐厅里的薛太太大概正静待佳音呢——走开了，完全忘了薛冰还要吃早餐这回事。

薛冰去吃早餐。薛太太在厨房洗碗，薛先生靠在一旁说话。很快，薛冰听到了那个"姓屈或徐"的人更多的事儿：他在警局里干事情的，好像不是城关人。工作好，是不是城关人倒无所谓的。

多年的经验让薛冰明白，经过层层转述，这些信息保准不怎么确实。

"一定得今天吗？"她问。

"今天日子好。"薛太太在厨房中说，"晚上也有很多人摆酒的。"

"你今天没事吧？"薛先生问。

"没有。"

"快去洗个头。你头发乱得不成样子。这两天洗头，比平常贵四五倍。"薛太太说。她的话音平静，"春节综合征"仿佛已痊愈。

"也没办法的。过年都这样。"薛先生说。

"那个人说，白天有事情，晚上来这边坐一坐。"薛太太说。她走到薛冰身边，仿佛要看着薛冰吃完手中那碗浇了肉丝油条丝的糯米饭，接着好洗碗。

"他过来？"

"以前时兴这样的。男方怕女方家里太坏，要走一圈看看。"薛太太冷笑一声继续说，"照我说，他要在外头坐一坐也好，要来我们这里坐一坐也好。都无所谓的。都什么年代了！"

"没错，农村以前是这规矩。吃不准的，还要到邻居那里问一问。"薛先生说，仿佛有过切身的经验。

"他大概是乡下人吧。"薛太太警觉起来。她也出身乡下，花了好多年，说话才变成城里口音。

薛先生不以为然："别看不起乡下人，乡下做生意的多的是有钱人。不过，做生意的，也是要眼红当警察的。他们再有钱，也是怕受人欺负的。当警察的，吃亏哪会吃到他们头上！"

"这倒是真的！"薛太太说，"前两天我们去到乡下，不知道哪里又开了两家油漆厂，臭死了！都透不过气了！那些人倒好，好像什么都闻不到。吸这样的空气，命肯定是要短几年的。不过，他们是真的有钱！"

薛太太说有钱，那肯定是有钱的。

薛先生像是突然想到了什么，问说："不知道那人是正式工还是临时工？"

"谁知道呢？"薛太太正色对薛冰说，"晚上你问问。正式工当然好，临时工也是好的。"

顺带，薛先生薛太太开始检点熟人中，谁家的小孩是正式工，谁家的小孩是临时工，谁家的小孩什么都不是。总有一些话题，可以拿出来活络气氛。在薛冰看来，刻下，差不多是薛先生薛太太在这个节日中最开怀的一刻了。等到检点完毕，气氛开始有些冷却的时候，薛冰觉得自己有责任添点柴火，拉回原来的主题：

"谁介绍的？"

"谁？"薛太太反问。

"晚上要来的那个人。"

"噢！是你二姨的一个邻居。你小时候还在她家里玩过，把她家院子的葡萄藤给扯了下来。他们家说，从来就没见过你这么皮的女孩子。"薛太太望着薛冰,似乎希望她能忆起童年旧事一般,"你二姨晚上本来也要来的,但她还有亲戚要走。"

很早的时候,薛冰就体察到"相亲关系链"的趣味性:二姨邻居会介绍她表家的侄子给你。缘分的链条,有时候需要这样环环相扣。兜兜转转,你不知道最后会碰到谁,没关系,只要坐下来,大家都沾亲带故了。薛冰常想着,没准,附近,就在附近,有一个与她相似的待字闺中的女孩子,她见了觉得不必再见的人,就到薛冰这边来,薛冰见了觉得不必再见的人,就到她那边去。她们就这样轮流着走马观花看了一批又一批人。她们之间也有一条"关系链"。她在哪里?

薛冰对薛太太笑一笑,表示对那位邻居已没有半点印象了。

下午,薛冰洗头回来,薛太太正在拖地——这天实在找不到钟点工,只能劳烦薛太太自己了。拖完,薛太太神清气爽出门找太太团们去了,留薛冰一个人在家。挨到天暗,薛先生薛太太回家吃过饭,开了电视看新闻,还不见人来。

以为他们找不到地址,薛先生打电话过去问,说已经在路上,然而还是等了一阵。

"再等下去,我可要睡着了。"薛太太说。

"他们事情多。"薛先生抚慰道。

九点差一刻,薛冰在房内听到外头有响动了:薛太太热情洋溢地寒暄着,薛先生尖着嗓子喊薛冰的名字,中间还伴着一个陌生女人的高频笑声,大力驱散这屋子沉淀多日的阴霾。

薛冰照一下镜子便出去了。几个人已在客厅坐定,电视开着,是欢庆的锣鼓声。薛太太和介绍人坐在一起,薛先生正在给端坐的男方递烟。

"我不抽烟的。"话说得坚决。

薛先生打个哈哈说："不抽烟好，不抽烟好。"他也忍住不抽，将烟塞了回去。

像是做了一个月那么长的梦，此刻突然醒过来了，但又好像没有完全醒过来，薛冰脸红到了脖子根，身上涌着一股热气——她怎么也想不到会是他。这一切，太像庸俗电影里的桥段了。

白炽灯点着太没气氛，薛太太只开了客厅里几盏琉璃灯，旖旎华丽暗沉。尽管如此，薛冰远远望去，第一眼就认出来了。她看见他也在看她，但也仅仅只是看而已，就是在这种场合原本就需要的合理的看而已——不然她想怎么样？要他突然站起身来大叫几声"你你你"？薛冰的目光在他身上也只停留了几秒而已。再转头来看时，他仍旧定定地看着她，但却不像旧时那样，而只是想要一眼看穿一个陌生人的样子——在这种场合里，这种盯视当然也是稀松平常的——可刚刚薛先生明明大叫她的名字来着不是吗——或许"薛冰"也只是个稀松平常的名字罢了？他见过的很多女子就叫这个名字？转念，薛冰又想，自己样子是变了一些的，或许是值得被盯视的。这么想着，不禁一阵飘飘然。

"原来贵姓崔，下午我听成了屈还是徐。"薛先生说，像是带着很多歉意。本地话中，崔与屈或者徐的确是有些像的。

薛冰在众人面前站定，没有坐下的意思。他包裹在一件竖领的呢料大衣中，侧面看完全不见了脖子，显得更胖了。他似乎怕冷，缩成一团。

"是你——"薛冰的尾音拖得很长。她越不安，胆子越大。

除崔东城外，房内其他三人面面相觑，又惘然地望望坐着的崔东城站着的薛冰。

崔东城张张嘴，似乎想说什么，薛冰又抢在了前头："我们念同一个高中的，他是我隔壁班的。"

"噢！这样！"介绍人灿烂地假笑着，"有缘分！有缘分！"无须意外，她是一名中年妇女，虽然穿了大红的羽绒服，看上去仍旧瘦小，笑声却洪亮，也知道什么时候止笑是最恰当的。薛冰不记得小时候在她家院子中嬉戏过。

薛太太也跟着说了几句"世界太小""有缘分"一类的话，这头吩咐薛冰倒茶，那头又饶有兴致地打量起崔东城。她似乎也想一眼就看透他。

开水刚滚，纸杯里茶叶早先放好了。薛冰郑重地倒水、端茶。纸杯轻放在崔东城面前时，她听他说了一声"谢谢"，心头不由得一震，手往后扶，在沙发上坐了下来。

似乎怕其他事项也出了错，薛先生问崔东城："你工作很累吧？"

崔东城耸肩说："累，每天都很累。今天在路上忙了一天，抓到很多酒驾的，罚了不少钱。"

薛先生一愣，没有深问下去，只是说"怪不得来迟了"。起先，薛冰听见薛先生跟薛太太说，对方今晚没准不止见他们一家，所以迟了。

他们倒没问薛冰在做什么，怕是事先就知道状况。

既然抢了开场白，薛冰就觉得有义务不再开口。这种场合，女方本来就不必多说话，问一句答一句才是。她先开口相认，已经是多嘴了。不过，崔东城像是铁了心要当哑巴，正襟危坐。薛冰想，或许他真是累，干他这行的人这几天也不得闲；或许他与她一个样，倦于被人这样抬出去摆着。再说，谁能禁得住被薛太太这样上下四旁里里外外打量？亏他还算镇定。或许，只是因为见了故人，他有些慌张了，只能强装镇定。

场面冷淡。薛冰听见哪里的水龙头似乎没拧紧，滴答着无声的水，启人疑窦。电视里的人声喧嚣，笼罩了整个客厅。

"你家可真是大啊！还这么干净。扫起来一定很麻烦吧？"关键时刻，介绍人问说。

"是的喏！"薛太太大喊一声，"我拖了一个下午！本来有个钟点工的，每星期来两次，现在回家过年去了。我自己是几百年没拖了，拖一拖，整条腰都像是要断了。房子买大了，就有这么个不好的地方。"

介绍人点头如捣蒜，连声附和着。

薛先生突然站起身来，端着纸杯走到窗户前，没来由地说一句："这天看上去要下雪了。"

崔东城冷不防说："天气预报也这么报。"

"他哥哥。"介绍人朝崔东城努了努嘴巴，"他哥哥坐在楼下自己车里，不好意思上来呢！"

"这怎么行？快让他上来。"薛先生很不可思议的样子，"外头这么冷！"

"没事的没事的，车里很暖的。"介绍人好不容易才有岔开话题的机会，自然不能轻易放过，"他哥哥是能人啊！当年村里难得出一个大学生，就被他哥哥考上了。回来教了几年书，现在在机关里做事。和你们一样，很多年前他就在城里买了房子。东城前两年在杭州上班，还是他哥给叫回来的。当然是我们自己地方好，找老婆也是本地人好嘛。你们说是不是？"

"那是！"薛太太说。介绍人大概期待薛太太顺问一声崔东城哥哥究竟做什么工作，没想到她问他们房子在哪里。

"……应该在汽车站附近。"介绍人用询问的目光看崔东城，后者点了点头。

薛太太和薛先生很快交换了个眼神。

"那地方热闹。"薛先生说。

"太吵了。"崔东城说。

转头，介绍人跟崔东城说，薛先生早年生意做得大，"前两年赚够了"，现在就能吃省力饭。崔东城赞叹了一会儿，倒没有什么特别歆羡的样子。

茶过二巡，介绍人满脸堆笑，拉住薛太太的手说："我们在这里聊些别的事，要不让他们两个自己谈谈，不要光听我们说话啊！"薛太太说他们可去书房。

薛冰起身走在前头，崔东城跟在她后头。她又感到那种燠热。有一些事情她记得不很清楚，有些事则如昨日刚发生般印刻在心中。那晚后，两人又见到面，薛冰感到歉意，问他说，那晚后来没事吧？崔东城回问：什么事？薛冰嗫嚅着又问，后来是他自己爬起来的还是别人抬他回去？崔东城连"噢"了好几声，仿佛才明白薛冰说的是什么事，轻描淡写地回一句：记不清楚了！

到了书房，薛冰坐在电脑桌前，崔东城则坐到稍远一些的雕花红木长太师椅上。他换了几个姿势，似乎在细心感受坐垫的酥软。最后，他整个人向后靠，啤酒肚展露无遗。

"阿姨怪客气的。"

她没想到他会说这个。冷笑一声，说一句"是吗"。

"这里书挺多的。"他没接她的话，而是环顾四周，然而并不起身去看，仿佛已经永远陷在这温软的座位上了。

她突然觉得眼前的一切都很可笑，又有一种豁出去的感觉，不觉得有什么尴尬。只有想到他当初说的那句"三十岁无下落就结婚"的戏言来,才觉得有些难堪。不知道他想起来没有?如果没有,她想起来了就是她的罪过。

似乎再没有比刻下更害怕冷场的时候了。既然此次他说了开场白,她就有责任让场面热络起来。

"跟他们还有联系吗?"她问。无须指明"他们"是谁,他自然知道,毕竟他和他们不只是一场酒醉的关系。

"有。"他笑呵呵的。

她庆幸与他之间还有"他们"填补那空空荡荡的岁月。不过奇怪,"他们"倒没怎么跟她提到他了。大学后面一两年,聚会少了,就没怎么见面了,她发觉他们是她见他唯一的理由。不知道他是什么时候再和他们又牵上线的。

崔东城说,再过一个月,朱哥哥就要结婚了,他收到了喜帖喜糖。"到时候你也会去吧?"

薛冰点头。虽然这类场合她是能不去就不去,但朱哥哥的婚礼实在躲不开。

"你相了多少次亲?"她问。但话刚出口,她就后悔了。她在他身边,仿佛永远都冒冒失失的。

"噢。很少。没几次。"他仍旧笑呵呵的,目光如剑,仿佛眼前站着的是美杜莎,也照看不误。她不自觉转移目光,望着漆黑的电脑屏幕,心下又划过一阵热流。她回过头去,发现他仍在看她,仍在笑。这觍着脸的嬉笑,她倒一直熟悉的。

又东拉西扯了几句话。多是她问一句,他答一句。突然听见介绍人敲了敲开着的门,满脸堆笑地对崔东城说:"你哥哥打电话上来了。我们也好走了。"仿佛在宣判什么。

薛太太站在她身后说："多坐一会儿嘛。我这儿，你都没来过的。"

"他哥哥打电话过来了。改天再来，改天再来。"

崔东城起身，刚走几步路，回头跟薛冰说："你的手机号码我还没有呢。"

介绍人说："留个号码好，留个号码好。"

这是这么多年来，他们第一次互换电话。

薛冰随薛先生薛太太一起送客，一直送到门口，看他们坐电梯下去，一直微笑着。电梯门一关上，她的心跳得更厉害，有旧物复得的那种兴奋感，脚步却像踏在云端上似的，随时都会踩空，掉到楼下住家去。她重坐到了电脑椅中，仿佛入定。灯关了没开。

也不知道过了多久，薛太太慢悠悠地踱到门边。

"你觉得怎么样？"

"什么怎么样？"

"刚刚那个啊——"

薛太太开了灯。她已经换过了睡衣，然而还很精神。"刚刚介绍人打电话过来了。说他对你还蛮有感觉的。你觉得怎么样？"

"马马虎虎。"

薛太太说："我觉得这个人冷冷淡淡的。"又说："明明是个矮冬瓜，大衣一点也撑不起来。"连笑了几声，还说："我刚刚问过了，只是个临时工，派头倒不小。"

"我都没工作。"薛冰回说。

薛太太完全不为薛冰的丧气话所动，继续说："我刚刚都打听过了。他还有两个哥哥还在乡下。他读书时就一直住在这个哥哥家里。"

"我知道。"

"以后他结婚，还要住在他哥哥家里？莫非还要女方出房子！"薛太太像是突然醒悟了。

不过一盏茶的工夫，薛太太就套来这么多情报。薛冰跟崔东城倒没说几句话。

"看样子，听话倒是蛮听话的样子。"薛太太自言自语，仿佛这是她所能找到的崔东城唯一的优点。

见薛冰不说话，薛太太又问薛冰："你觉得怎样？"

看她的样子，仿佛极期待薛冰如往常般一口否决的。她似乎觉得薛冰这次表现异常出色，因此添了信心：只要想通了，以后不怕找不到好男人。晚上这个，虽然不怎么样，倒也有他的用处。

"也就这样。"薛冰说。

在薛太太，这已是极明确的答复，于是欢天喜地地睡觉去了。

眼看着就到子夜，还没有半点睡意——也可能是白天睡太多的缘故，但整个身体软绵绵的，仿佛一不小心就会化作一摊泥；胸口像有一团火在烧，又和着雪，焦灼着，似乎连张嘴的力气也没了。座位上似乎装了弹簧，逼迫薛冰站起去敲薛太太的门跟她说，自己倒是有点兴趣和那个姓崔的谈谈看。

倒不一定要先和薛太太说什么，不如等崔东城打电话来。

她费了这么多斟酌，只决定留出这么一个缓冲坡。

时间一到，她就什么都顾不上了。薛太太薛先生怎么想，她管不到了。反正她早已经伤透他们的心。

自己竟然如此毅然决然，她想着就兴奋。又觉得，今天无端端又给了薛先生薛太太一点盼头，自觉不该。然而，大体是喜悦的。她经常听到这样的故事：某人不听各方劝阻，非要嫁给某人。无人看好。后来，某人发达了，某人幸福了。薛冰突地站起身来，仿佛赴死的烈士，直奔卧室，只想赶快进入甜蜜梦乡，将此刻的欢愉藏起来。

翻来覆去睡不着，只觉得被窝中有一团火在炙烤着，并不觉得是折磨。窗帘缝隙处露出几丝鱼肚白后，她才感觉到了睡意。

第二天，薛冰等着崔东城打电话给她。然而，一直没有。

四

一些街上，酒店扎堆，碰到好日子，噼里啪啦，地上被硫黄粉覆盖了。遇到下雨天，走的就是黄泥路。就算爆竹声震天价响，有些人仍充耳不闻，在刺鼻青烟中穿行自如，薛冰总远远等放完才心安进去。

常常去得早了。人家喜帖上说，谨订于某年某月某日晚六时于某某大酒店举行喜宴，恭候光临。她想，早二十分钟应该不会错。总还有些早到的人，可顺便聊个天。

到了，却见不到几个人影，只见一早布置好的红毯、鲜花拱门、酒台。

慢慢，人结双成对来。三五成群来。旧雨新知来。寒暄。吃点冷盘。新郎新娘来。婚礼主持人来。插科打诨。音乐震耳欲聋。父母领导死党上台。新郎新娘切蛋糕。喷香槟。喝交杯酒。上菜。鲍参翅肚。微醺。斗酒。叫嚷。吹瓶。吐一地。婚礼摸彩。欢呼。快活。失落。等敬酒。好不容易来。新郎新娘得亲个嘴儿。罚酒。罚酒。罚酒。他不行啦他不行啦。你心疼啦。放过他吧。累了得赶紧吃两口菜。甜汤来。寒暄。散。

样样制式。来来去去就这几家三六九等酒店。新郎新娘的誓词，她是很注意听的，就像教徒聆听圣谕——当然也只是平常人在这场合说了不觉肉酸的电视对白罢了。不过，她想，自己将来结婚，样样也都要。她不想与别人有什么不一样。

薛太太奇怪，这些日子里，薛冰过一会儿就来跟她说，谁谁谁要结婚，她要去一趟——以前，她可是避之唯恐不及的——红包自然要薛太太给她准备。人家一张喜帖、一个电话来，她就被施了咒一样，忙不迭要去。薛太太记得，这势头是从年初开始的。

古怪归古怪，薛太太觉得这是好事：薛冰有了向往之心。人家的喜气，是盘旋在薛冰头上的无形压力。

朱哥哥宴客时，刚过假期，宾客还是来了许多嘛，大厅之外，旁边还开了二十来个包厢。薛冰忍不住想，他的历任女友怕是都到场了吧。开席前，她在仿欧式走廊里闲逛了一会儿，望包厢里的人，看看有多少熟面孔。

碰见了几个女同学，有当年向薛冰打探朱哥哥消息的，现在都结婚了，有的生了两个据说是还要继续拼个男孩的。要不是这林林总总的婚宴，她们这辈子或许都不会再遇上了。

她们聊妈妈经，薛冰插不上话，只能不懂装懂地点头。也聊男人，聊谁发财了，谁不中用，谁爱嫖，韩剧里哪个男明星最帅。

本地妇女说话多豪放，外表越艳丽的，开口可能越凶猛。依稀之间，薛冰瞥见了自己往年的影子。她曾经有的，现在没了。只是往年，她与"艳丽"完全沾不上边。她是觉得自己越来越口拙了的。

她们夸她比以前漂亮。现在赴婚宴，她至少花一个小时装扮。

知道她现在还没结婚，个个瞠目结舌。她们以为她早结了只是没叫她们而已。

"你怎么还不结婚呢？"

来之前，就知道会遭遇这样铿锵有力的质问。她做好凛然以对的准备，但真的来了，还是忍不住要颤抖，还能强忍住，僵硬地笑着，像一个顺从受审的罪犯。

"没遇到合适的人。"

对这个万金油回答，她们很不以为然。

"有人说我不喜欢男人呢。"薛冰自嘲，笑得很灿烂。

"以前我就怀疑过你。"有女同学搭腔，众人哈哈大笑。当即，有说要帮她介绍男人的，有安慰她说肯定有好归宿的，也有强调现在是女性的独立年代的。她们望着她，有一种从高空俯视的神态。

又七嘴八舌说起，以前也是同学的，家庭环境也很好的陈小姐、苏小姐、李小姐，目前似乎也没有着落。

薛冰记得她们口中这位苏小姐，脸盘很大，眼睛很小，猪鼻子，也理了一个男头，以前跟她是被列入同一个阵营的。薛太太与她母亲是牌友。

又说了几句，就转到别的她们更关心的话题上去了：房价。借贷。

入席时间到。她们兴奋地跟着薛冰，与几个干哥哥坐在一起。叽叽喳喳，好不热闹。薛冰插不上嘴，干脆缴了械，乐得沉默，四处张望。然而熙来攘往中，仿佛只她自己一个人。

一溜服务员鱼贯而入，风风火火上第一道菜。薛冰望见了崔东城姗姗来迟，穿的仍是上次那件竖领大衣。附近三两桌，都是旧同学，他先朝空位比较多的一桌走去。快走到时，目光突然急转弯，望见了薛冰这一桌，满脸灿烂的笑，朝这边走来。薛冰不自觉低了头。

后来他为什么没打电话来？

薛冰思前想后，总觉得他是自惭形秽了。他原本大概认为二人站得有点近，后来才发现其实有不少差距。尽管是个厚脸皮，但他自惭形秽了。这么想着，薛冰感到了极大的快乐。真接到他电话，可能也没这么快乐。

"这边还有位置啊！"崔东城轻叫，好像好不容易才发现这个显而易见的事实。

"迟到！"干哥哥嚷着要他先干三杯！

薛冰抬眼望他，倒没见到什么为难的神色。

"今天不当班。"他说。

"好，是你自己说的。晚上你别想回家了。"众人忙着开啤酒和红酒，叫服务员再拿温过的黄酒来。

"也让我先坐一下嘛。累都累死了啦。"他装出娘炮的样子来，众人笑。

他望薛冰一眼，兴致很好的样子，问说：

"这几位是谁？"问的是旁边几位女同学。

"哎呀呀，这么久不见，竟然也不先问问我们怎么样，就关心起别人来。"干哥哥叫道。

女同学落落大方地自我介绍，好几双眼睛齐刷刷上下打量崔东城，估摸他的来头。

"我还以为你不会来呢。"他突然对薛冰说。

一股怒气刹那间升起，怎么也压不下去，没好气地反问一句："我为什么不会来？"

先是无视，继而说这么多废话，突然又刺她的心——他是想怎么样？本来可以像老友一样客客气气问候问候，这么没来由地撂一句，让人觉得实在不怎么光明磊落——她一直觉得他是不磊落的。是不甘心于自惭形秽的缘故？

崔东城说，上次某某某的婚礼，他们几个人几乎全到了，薛冰没去。她想了一想，那是很久以前的事了，她的确没去。

这么说来，他还挺注意她的行踪的。

"这不一样。"薛冰说。朱哥哥的婚礼，别人的不能比。

"你们认识的？"女同学望一眼薛冰，再望一眼崔东城。

"薛冰以前就跟他有深仇大恨。"干哥哥笑道。

"我们跟他可熟了。新郎官跟他特别熟。"薛冰说。后半句，怎么也按捺不住。

这么说着，几个人笑了一下。几个女同学不明就里，倒没问崔东城为什么和新郎官特别熟。薛冰瞥一眼崔东城，他仍旧不愠不怒。

一早预备要和和气气，一见面就控制不住。单独见面时相敬如宾，人多偏耍刀弄枪。仿佛旁的人都是掩护，因之就可大着胆子挖苦。他似乎特别喜欢激她。也只有在他面前，她仿佛一秒之内就变回以前那个她。

她沉默着，觉得他随时又会刺探她几句。

干哥哥一心想灌醉崔东城，轮番上阵。崔东城说跟男人喝实在没意思，左挡右躲。于是几个娘子军受命上阵。混乱之中，薛冰也跟着说要敬酒。

"你跟我喝——"崔东城望着薛冰，像受了感动，又像蔑视。

一眨眼的工夫，崔东城抢起杯盏，张开嘴，往里面一倒，未经口舌，酒液直接进了喉咙……

几个女同学小小地惊呼了几声，崔东城洋洋自得。薛冰突然又觉得，这该是他在社交场合固定的表演项目了吧。未免扫兴。

崔东城接着又这样连着喝了三四杯，如吞小药丸般轻巧。

其间，崔东城起身去厕所，女同学开始大肆讨论：

"他倒是蛮可爱的。""怎么，你动心了？""我结婚了。""有点胖。""我一见瘦的男人就恶心。"

众姝环顾四周，约好似的齐声大笑。一句"瘦的男人让人恶心"，恭维到了在座每一个男人。

崔东城竟是受欢迎的！显然，比她受欢迎！她想，要是自己起身离座，不知道她们要说什么？为什么没人要？

崔东城回来，干哥哥问他："有女人了没有？"

"大把大把的。"说着望一眼薛冰，又望向人丛中，好像"大把大把的"就在其中。

薛冰想，他越来越会演戏了。

酒再过一巡，说起婚礼后的余兴节目，不外乎到酒吧、KTV 续摊。女同学很兴奋，夜里孩子要喂奶也不管了。之前就讲好了的，如果没被搞趴下的话，新郎新娘也要来的。今晚，人们对新郎新娘还算客气，任他们拿凉茶充红酒。

薛冰看手表，不过八点半，婚礼却已接近尾声。现在就算是十一二点，她也还觉得早。

人们问薛冰去不去，她马上点头如捣蒜。又问崔东城去不去，他说明天还得早起。说得极诚挚。众人只略微挽留了下，就不再说什么了。

薛冰颇失望，感觉像唱歌唱到一半，突然被切了歌。她总觉得，崔东城还有什么还没有说出口的话要对她说。

"他要找他的女人去了。"干哥哥说。

"是呀是呀。"崔东城拼命点头，仿佛顺水推舟，不用找其他借口了。

隔壁几桌都没什么牵拖，新婚夫妇顺利来到薛冰这一桌。崔东城不知哪来的热情，非要新郎扔掉凉茶打通关。新郎推托，新娘帮腔，伴郎跳将出来与崔东城理论，场面好不热闹，引得主桌都侧目而视。薛冰微笑着，不说什么，只当看好戏。她觉得崔东城是要报当年的一箭之仇。

"反正待会儿还是要喝的，你就先放过他们吧。"有人晓之以理。

"没我的份。"崔东城又做出娇弱状。众人笑。

"你也可以去的嘛。"薛冰说。

崔东城微微一笑，不置可否。又仿佛是人声鼎沸中，轻轻地漏过了这句话。

最后只和伴郎喝了两杯，嘴里念叨着"没意思没意思"，就让新郎新娘过去了。在这最后时刻，他不仅奚落了新郎，还尽了一把热场的义务——虽然这场子本来就已经很热了。

不一会儿，他就起身了，丢一句"喝酒别开车，开车别喝酒"，转身就走。

"又不是要他付钱，跑这么快！"崔东城的身影尚在迎宾台滞留，有人说了这么一句。相熟的几个人，哄然大笑。他怕是听不见了的，薛冰想着就恨。女同学好不容易等到机会，向薛冰左右打听，仿佛婚宴上最后一道佐菜。薛冰说，自己不很清楚。她们转而问别人。薛冰听他们说他的陈年旧事，很有一种快意。

在 KTV 没待多久，薛冰借故走了。身体明明已透支，大脑却仍激荡不断，仿佛永无歇止。身体的某一部分，就这么一直醒着，怎么也催眠不了。她听见了那些他没说的话，看见了那些他没做的事。

很快天气就热了，有一个不相熟的男同学要结婚，叫了薛冰。

席间，崔东城说是开车来的，就不喝酒了，喝酸奶就好。众人围攻了一阵，他坚决不从。最后，朱哥哥嚷着说，他要放开胸怀畅饮，到时候崔东城负责接送，不容有失。人们打趣说，朱哥哥准是新婚不快乐，要借酒消愁。不管他是不是新婚不快乐，反正中途就醉了。末了，他要薛冰扶他上洗手间。

在洗手间外等了一阵，手机响了，屏幕上是"崔东城"三个字，心头不由一震，疑心看错了，定睛看了四五秒，才想起接听，生怕她按键的那一刻，那一头已经挂了。

崔东城说："我有事要先走了。不知道'猪哥哥'解决好了没有。我打他手机，没人听。"

薛冰说："他进去好一会儿，应该快好了。"

崔东城说："不会掉进去了吧！"

薛冰忍住没笑，只说"不会的"。

崔东城又说："我已经在楼下了，再等你们一会儿。"

顺利挂了电话，心还波涛汹涌，蹑手蹑脚到男厕所门口，虚声弱气地叫朱哥哥的名字。幸亏有回音，不然也不知道怎么办了。

朱哥哥出来时，脚步仍踉跄。薛冰对他重复了好几遍：崔东城在外面等了很久了！二人回席，各自执了物什往外走。

人们问："薛冰，你也这么早走？"

她说："突然想起还有点事情。"别人不过随口问问，不是真的关心，她却有点心虚。

朱哥哥口齿不清地给崔东城打电话，使唤他把车开到酒店大门口来。

一开旋转门，就是袭人的热浪。朱哥哥仍站不稳，需薛冰扶着。他身上有一股新鲜的秽物的味道，手上汗渍渍的。

一辆银白色的雷克萨斯在台阶前停住，车窗摇下，露出崔东城浑圆的脑袋，喊二人名字。薛冰一时没反应过来，还是朱哥哥拖着她往前走，嘴里还嚷着："谁家新车被你偷开出来了？"

崔东城没别的话好说，只叫朱哥哥如果再想吐，往窗外吐就好了。

"吐到别人身上怎么办？"朱哥哥问。

"吐了再说。"

朱哥哥说，他有几个警察朋友，"平时上下班苹果玩一玩，LV小包背一背，奔驰宝马轰一轰"，整个一副"屌样"。可怜他自己，结婚时女方只送了一辆破君越。他宁愿他们折现金给他，实际些。

看崔东城娴熟地打灯、变线、转弯，薛冰疑惑愈重。不太可能是公车。向人借的？车看起来是簇新的，谁这么大方？他哥？如果是的话，倒没什么奇怪。他也混了许多年了，一辆雷克萨斯，似乎算不得什么。薛冰忍住不向崔东城打听什么——打听，就表示在意——只斜望驾驶座上的崔东城。见惯他插科打诨的样子，刻下他眼观六路耳听八方的模样，看着有些许异常，可又让人觉得安定，好像这世界再不会发生什么意外，好像他们二人再也不必针锋相对。

"你也这么早走啊！"崔东城扭头问，好像刚注意到薛冰的存在。

"突然想起家里还有别的事。"她说得理直气壮。今晚，薛先生薛太太也出去吃酒了，恐怕都还没到家。

崔东城唯唯诺诺。

两人又讨论起行车路线，朱哥哥家离酒店比较近，先送他回去。

"到了那里，你把我放下好了，我再自己打车。"

"这怎么行呢？"

薛冰笑了笑说："我们不顺路。"

"也顺路的。"

薛冰想，明明不顺路，非要说顺路！也不去戳破，只倚窗朝玻璃外笑了几下。

似乎没过多久，就到朱哥哥小区门口。打电话叫了嫂子来接，没说几句闲话，只瞟瞟薛冰，又瞟瞟崔东城，突然问薛冰是不是有着落了？没办法，这突如其来的关怀，总得应付。但崔东城在身边，一声"没有"说得不免叫人头麻。

等到二人离去，崔东城叫薛冰坐副驾驶座，"说话方便些"。可薛冰真坐上去了，他却没什么话好说了，比朱哥哥睡在后头时还安静些。只偶尔问一句"路没走错吧"。薛冰就望一眼路，说一声"没走错"。薛冰不觉得气氛尴尬，反而觉得是合理的。她望一眼崔东城，他也望一眼她，似乎有话想说，但终究没说出来。薛冰又望窗外的风景，不觉得搭一趟很短的有终点的便车，只觉得是在这城市漫无目的地晃荡。

"要不要上来坐一坐？"临下车时，她问。

"不了不了。"崔东城忙道，顿一顿，又笑笑说："我还有别的事情呢。"

"呀！我给忘了。"薛冰真心实意地抱歉，赶忙催他走。

掉头时，车头灯在前面墙上倏地晃了个圈，薛冰心里亮堂了一下，旋即又暗了。

没过几天，薛冰吃了晚饭回家。六七点光景，窗外还亮堂。薛太太一个人坐在客厅里，宽茶几上，摆了好几个烫金礼盒，盖子全打开了，原本摆放齐整的喜糖、喜饼、巧克力、果脯、果冻、花生米等铺了一桌。

"快来快来！"看见薛冰，薛太太欢呼雀跃。

在糖堆中搜索了一阵，薛太太从中抽出好几个红包，看上去比惯常的要厚一些。薛太太啧啧道："不一样，就是不一样。他们家是真的有钱。"

见薛冰不做声，薛太太继续说："是苏家小姐要结婚了——就是住我们附近的苏家小姐。他们家全天都闹哄哄的，人多！隔三岔五就要拉我去打牌。每次打，都打很大，紧张都紧张死了。他们都是随便输输，随便赢赢的，几万块钱，眼睛都不眨的，不过打发时间。"

"他们家已经发话了，去吃酒的都不必送人情。"薛太太又说，"他们越这样说，咱们的红包就越得包得大一点。"

薛冰"哦"一声。不必薛太太强调，薛冰也知道这苏小姐是谁。

"说起来，她的年纪比你还大一岁。"薛太太说，"鼻子跟她老妈一模一样，鼻孔非常大；又是一双对眼，像痴呆的，难看死了！打扮倒是会打扮的，衣服穿得露——她肉倒是有点肉的，不像有些人是竹竿，一点福相都没有。我听他们家里人说，这几年，她也没在外面做事，闲，相亲倒相得很勤，比你勤。现在，终于嫁出去了——我们以前都说她怎么也嫁不掉的。"

薛太太意味深长地望一眼薛冰。后者以为听完训诫可乖乖回房了，薛太太一个箭步上前，把喜帖递给她。

"我纳闷了一下午了，她老公是不是你同学？"

薛冰见喜帖上赫然写着"崔东城"三字，觉得地板晃了一晃，仿佛正站在立交桥中央，下面有重型卡车呼啸而过。

"不是同学，隔壁班的。"

"看不出来啊！那样一个矮冬瓜！"

薛冰不做声。

"配苏小姐配倒是配的。"

薛冰努力回想苏小姐的模样，但一点也想不起来，光记得她有一个"猪鼻子"了。

"苏家的家产就这样被人谋了去啊！"薛太太叫了一声。

"谋家产？"

"他们家没有儿子，只有两个女儿，以后家产都是这两个女儿分的。说是要平分，大女儿肯定会分多一点。"

"哎呀！你同学该不会是入赘吧！这倒是说得通了。不然，苏家哪会干这么便宜的事？"薛太太又叫了声，仿佛接连受刺激，怎么也按捺不住声气。

"……房子是女方出的，车子也是女方买的……"恍惚中，薛冰又听见了薛太太铿锵的话音。

薛太太正在算女方给了男方多少"彩礼"：

皇家花园 137 坪商品房一套 300 万左右

装修 50 万 -70 万

雷克萨斯 GS350 一辆 84 万

女方包酒席 70 桌每桌 1 万

……

"轻轻松松，就赚 500 多万。"

薛太太算得满脸通红，每说一个"万"字，音调都要高几分。

"你跟他关系怎么样？"薛太太突然正色问薛冰。

"还可以。"

"以后要再多来往来往。"薛太太说，"你知不知道，苏家还把他弄到警局了！有编制的！正式工！不知道又花了多少钱！多来往来往，以后有什么事，多一个照应。"

"只买了辆雷克萨斯给他。毕竟是小警察，不能太张扬。"薛太太又说。

薛冰不理薛太太的茬，突然笑问："如果我结婚了，你们给多少嫁妆？"

薛太太毫无防备，愣了一愣，忙说："这个你放心，不会亏待你的。"

"有没有房子？有没有车子？"

薛冰回想那辆雷克萨斯。想来当时已水到渠成，所以才会开出来巡场。嘴巴倒是很紧，没露半点风声。她不知道，朱哥哥也未必知道。当时他说送她回来是"顺路"，如今看来当真是"顺路"。她又冤枉好人了。

"房子都没有的男人，你嫁他做什么？"

"可人家苏小姐……"

"你比她强多了。这苏小姐的脾气可大了，你同学不知道受得住受不住。"薛太太顿了一顿，确信地说，"他应该受得住的！"

薛冰不想再知道什么，她觉得自己知道太多了。

薛太太很快又发现了蹊跷之处："苏家有头有脸的，怎么没订婚就要结婚了？不知道有什么古怪？现在的人越来越没规矩了。"

薛冰全身颤抖了一下。看来自己是太天真了？再看一下喜帖，婚礼定在八月，时间好像是仓促了一点。喜帖上只写了薛先生薛太太二人的名字，想来是女方送的。不知道男方会不会再补一张给她？

天黑了下来，早已开启的路灯终于发光了。又有人开门进来，抬头看是薛先生。薛太太又大叫一声"快来快来"。薛先生以为出什么事，急忙打听。

"原来是薛冰那个同学啊！"薛先生当场也震惊了。

薛先生是远比薛冰称职的听众，夫妻俩热闹了一阵。薛冰趁机逃离现场。关了门，在黑暗中呆立了几分钟，之前很多想不通的事情慢慢澄明起来，豁然开朗。

这么说，一切都是幻象。而且，不是那种发生在眼前你伸手去摸仿佛就摸得到的幻象。这幻象，像块囊肿，潜伏在五脏六腑的什么地方，地久天长，由她本人日日呵护，慢慢成长，然而你是怎么也察觉不到的。从始至今，发生过什么事吗？凝视，或许只因为不解；同声协气，是因在别人眼中，他们都是异类；酒后的真言，跟胡话其实没什么差别；因自卑而不敢向前——大概只有这么想的人才真的如此践行。

退一步说，假如一切都是真的，最后的结果却表明：所有这一切真的戏弄、真的眷顾，不仅仅是给予她的。或许，他曾经欣赏她的洒脱。后来，她连这一份洒脱也没了，倒是他，总能出人意表，洒脱起来了。在他，她或许是一个选择；在她，他却是唯一的选择。不过，什么都没发生过，有的只是她自己的寂寞，自己心中的波涛汹涌。

她喜欢这种一切清清楚楚的感觉。伤口结痂不久，她也要自己揭去，让粉色伤口曝露在外。

五

差不多半个月后，又见到了面。菜上到第三道，新娘准备换第二套礼服，崔东城姗姗来迟。

众人道，真巧真巧，说曹操，曹操就到。

"太好了太好了，你们统统都在。"崔东城脸色红润，满脸堆笑，才让他脸上的肉往上飞而非下坠。他穿一件蓝白横条纹的Polo衫，领子竖着，腋下夹着一个公文包。他不急着坐下，从包里面摸索了一阵，抽出十来张喜帖来。

"恭喜恭喜。"发到薛冰时，她热切地恭贺着，仔细看喜帖上崔先生和苏小姐并排写着的姓名，以及"百年好合"四个字。

崔东城又说，要下楼去开车后备厢拿喜糖。

"等一下等一下，糖慢慢拿没关系，先坐下先坐下，我们有话要问你。"两个人起身拉崔东城坐，又有人往他杯子里斟酒。

"别倒了别倒了，我今天开车。"笑还是笑着的，但有了防备的神色。

"哎呀呀，你以前不是这样子的，现在这么不给面子？"

这似乎是极严厉的叱责了。崔东城只好坐下，慢条斯理地把别人之前倒的红酒倒到未用的盏碟中，舀甜汤来涤荡了杯子，再叫服务员拿淡啤来，才喝了一杯，皱眉眨眼，像是胃酸倒流犯恶心而在强忍。整个过程中，众人均不语，像看什么默剧一般凝神屏息地望着崔东城。他们这一桌之外，宾客吵得震天价响。

"不一样，果然是不一样了。"有人冷笑道。

"什么不一样？"崔东城笑呵呵地反问。

"有人管了，喝酒都不爽气。以前从来不会这样的！我们真是太伤心了。你是不是怕回家被老婆闻出酒味来，不准你上床？"

"我今天开车。"崔东城做出无奈的表情来，然而还是不得不辩解，"我们又没有结婚，什么上床不上床的。你们这些人啊，整天想的就是这些事情啊！我回也是回自己的家，她又不在的。我是我，她是她。"

"新房还没装修好？"有人关切地问。

"你家不就是她家？老婆难道不是要娶进门的？你这样说，可真不够意思。好吧好吧，以后我叫你老婆跟你说：她家也不是你家。她是她，你是你。哈哈哈哈！"有人关切起苏小姐的利益。

"车倒是先开上了。"喧嚷中，朱哥哥指出这个事实。

"你们这帮人！你们这帮人！"崔东城只摇头晃脑地重复这句话，似乎有些恼了，脸面显得更红，但也可能只是喜气。

"他们是在嫉妒你，嫉妒得很哪！"薛冰说。

崔东城笑了几声。

"哎呀呀哎呀呀。"众人掉转枪头对准薛冰，"嫉妒？我们嫉妒他什么啦？"

连崔东城都问："是呀，他们嫉妒我什么？我有什么好嫉妒的？"

"没嫉妒，没嫉妒，我开玩笑的。"薛冰笑说。

"你呀你呀，就会乱说话，该罚酒的。要不要崔东城代你罚？叫你乱帮他说话。"

薛冰倏地站了起来，满了杯，举到刚才对她说话的人面前，"不就是喝个酒嘛，有什么大不了的，我干杯你随意。"话刚说完，端起来就喝。她不想酒洒出来，因此喝得慢了些，到底喝得一滴不剩，举空杯给人看！

其他人转又帮薛冰的腔："薛冰敬的酒，你是逃不掉的了。还不赶快喝掉？别磨磨蹭蹭的了，一点都不像个男人！"

"喝！喝！崔东城，我都是被你害的。"

"喝！喝！"崔东城嚷着，脸红脖子粗。

"哎呀呀，终于不扮淑女了。"朱哥哥使劲拍一下圆桌，玻璃转台应声震了几下，清清淡淡的甜汤荡出一圈波纹，"你们看看，她像不像以前在学校里那样爽气？阿冰啊阿冰，你可终于回来了。"

薛冰眯缝着眼，伸出双手。朱哥哥像条叭儿狗似的，慌忙跑过去，和她实打实抱了一下。众人欢呼。又有人想跟在朱哥哥后头也抱上一抱，都走到薛冰身边了，她却噘嘴扭头，自顾自吃起菜来。众人大笑。

"还是现在好！"崔东城说。众人的关注点一时之间都转到了薛冰身上，把他给冷落了。

"漂亮倒是现在漂亮些。"朱哥哥望一眼崔东城，赞同地说。

"有什么好的。"薛冰正色说，"这一桌子，就我一个人还没着落了。你们不嫉妒他，我是有点嫉妒的。"

众人以为薛冰触景伤情，自暴自弃，七嘴八舌安慰：

"明天往你家里送十个八个男人。挑不上，再送十个！"

"有什么好急的，你又不是老女人！我后悔死了。崔东城，你后悔了没？要不，这婚就不结了？呵呵。"

"你要真想嫁，都不知道嫁了多少遍了。"

薛冰笑两声，欲言又止，伸筷夹菜来吃。一边夹，一边笑说："你们一个个真是太好人了！别只顾着说我了。说说新郎官吧。过几天我们又要去吃他的酒了。"

"来来来，你们每一个都要来。"崔东城接过话头去，很开心又成了众人瞩目之人。

"一定一定。"薛冰急忙说。

"我不去行不行？"有人问。

"不行。一千个不行，一万个不行！"

"搞得这么吓人！"

或许是因为气氛太过热烈，太多的人有太多的话需要倾吐，无暇顾及一句两句意义含糊的醉话、胡话、说到一半的话。

朱哥哥端着酒杯，晃晃荡荡走到崔东城身边，用手肘勾他的颈脖，身体下压，低头对着崔东城耳朵大声说："你跟苏家小姐谈了多久啊？我们一点风都没收到！干吗这么神秘。是不是怕别人知道了，把苏小姐从你身边抢走了？"

雷动的笑声喧哗声，第一次压过了邻桌。

崔东城使劲推开了朱哥哥。后者一个趔趄，几乎摔倒。惊呼的人有，嬉笑的人也有。崔东城挪开椅子，起身扶朱哥哥回座位。朱哥哥笑着，推搡着崔东城，如孩童无厘头的争斗。朱哥哥虽比崔东城高两个头，但却被后者硬推回位置上瘫坐。崔东城回到自己位置，满脸通红，额头沁出汗来，执筷的右手不自觉地抖了两下。

"为什么不跟我们说啊？"没人忽略朱哥哥刚才的醉话。

崔东城正要说什么，却被薛冰抢在了前头：

"为什么要跟你们说？你们跟他很好吗？为什么有事情，就一定要拿出来说？为什么为什么为什么？"

人们面面相觑，好像薛冰说的是不知道哪个爪哇国的话，全然无解，脸上现不出半点笑容来。

朱哥哥口齿不清地问："你，你……你是不是喝醉了？"

"没醉。"她这样说，人们只当是醉鬼的标准回答。有人轻蔑地望着她。

"不要这么说嘛。"崔东城笑着对薛冰说，"在座的，哪一个不是好朋友？"

顷刻间，崔东城就恢复了精神气儿，仿佛网络游戏里的英雄，趁怪物一个不注意，又满血复活了，可再战个三百回合。

对薛冰说完话，崔东城又对余人说："之所以不告诉你们，是因为你们都没问我啊。"

新郎新娘在隔了两桌的地方敬酒。众人似乎都觉得婚宴接近尾声，没力气再嬉闹了。又好像是被薛冰泼了冷水，再也没有什么兴致。纷纷无语。

薛冰用杯底敲桌沿，笑着说要跟崔东城干一杯。

人们似乎醒过来了一会儿。"薛冰敬的酒，你是逃不掉的了。还不赶快喝掉？"

"待会儿还要开车去别的地方，喝多了不好。"崔东城旧话重提。

"这样。那我不勉强你了。"她端起酒杯，一干到底。

崔东城怔了一怔，一动不动。人们随意笑了两声，并不往心里去，也不和薛冰说什么。

新郎新娘终于到了这一桌。众人起身、调笑、牵绊、嬉闹，其乐融融。崔东城特别起劲地闹着新郎新娘，一定要往死里灌的样子。崔东城也特意陪了两杯。没人质问他开车为何还要喝酒。所有人都在灿烂地笑着，衷心地祝愿着。掩藏不住的喜气，感染了所有人。

"恭喜，恭喜。恭喜，恭喜。"薛冰热烈地祝贺。

2014 年 3 月

活力人

裤袋虽然揣了个红包，谢加平还是在医院门口水果店前站定。他没买绑粉红色尼龙缎带的水果篮，而散买了三斤乌紫的巨峰葡萄。

肿瘤医院位于北郊。加平坐公交车，五站就到。他惯常坐的路线不经此处，因此不知道医院的确切地方，还以为离得远。

下了公交车，触目先见一座装潢新，占地广，店招大白天亦喷发金黄光芒的中药堂。附近，一溜型号小一圈的康复馆、养生会所。药堂与会所之间，沿不很白净、有坡度的水泥路走百来步，便到医院。立于坡道两侧、面貌灰暗的妇女拿着小纸板或塑料板，上书"住宿"二字，口中念念有词。一路零散延伸着的广告牌，清一色，一片连绵的，有人在奔跑的青草地。医院附近有两处不甚知名的风景区。

虽是工作日，进出的人、车不少，大门口一时堵住了。当然，堵不住单枪匹马之人。加平稍低着头，目不斜视，快速绕一个半圈，进到后边住院部，搭一架消毒水味儿浓的电梯，上十一楼。电梯里人多，各自尽力不让衣服擦着衣服。

要不是母亲来电话，谢加平还不知道表哥王兴华的事。

母亲说，兴华夫妇过去两个多星期了。东西是良性的，幸亏发现得早，已经拿出来了。你表姨娘去还过愿了。不是什么大事，你表姨娘当初吓死了。你表哥，不像是会得这种病的人呀！不怎么见他抽烟吃酒的。可实在说不准呢。我们赶不过去，你还是要去看看。他知道你在那边。有一次碰到面，他跟我说，在大城市上班有面子，夸你来着。去的时候，千万别忘记递个红包。千万别忘记！路太远了，没几个人有工夫过去。不是什么大事。你还记不记得？小时候，你一个劲儿说兴华表哥对你很好的。

小时候在乡下，加平与住得近的叔伯兄弟、娘舅家表哥表弟，都不太能玩在一起，倒常常去隔好几个村子的兴华家。偶尔，一连住好几个晚上，都不怕不好意思。那位表姨有三个儿子，兴华排行第二，比加平大七八岁的样子。其他两位表哥，都不太能见到影子；兴华常常在家。不比其他两位，兴华读完了高中，其时，正在找事情做。他愿意跟加平玩在一块儿。加平会游泳，就是那会儿在表姨家附近当时已不太干净的河里套着旧车轮内胎学的，兴华教的。加平跟兴华聊天，一聊能聊一下午。

兴华是加平知道的第一个像回事儿的读书人。兴华房间床背上，有一个横长的凹框，摆了套精装的黄颜色封皮的《资治通鉴》，外加雀巢咖啡及咖啡伴侣各一罐。书籍加咖啡，正好填满整个凹框，看上去，法相庄严。后来，加平偶尔还能忆起，当时，他有一种"每天睡在下头的人，该很厉害吧"的感觉。有一次，兴华不在，加平做贼似的费力抽一本出来。字是繁体竖排的，他不认识几个，于是摩挲一会儿，很小心放回去。一抽一放，前后不过四五分钟，可让加平觉得自己发生了一点什么变化。加平记得很清楚，兴华还曾几次鼓励他要好好读书，考上大学。

加平想，自己如今一年还能读十来本书，跟兴华当年的教诲大概有些关系。

兴华人缘好，总有什么人来找他玩儿。加平印象比较深的，是一对邻家兄妹，哥哥年纪比加平大些，妹妹则相差无几。妹妹挺活泼，也会找加平说话。加平还记得她的名姓：林燕儿。母亲打电话来跟加平说兴华的事，加平脑海里浮现林燕儿的面庞来。加平偶尔能想起林燕儿来。前几年，加平得到过林燕儿一星半点的消息。听说，她结婚了，老公挺有钱。加平想，此次探望兴华，趁便要问问他是否有——加平觉得他一定有——林燕儿的联系方式？自己可跟她加个微信什么的。到时候，两人随意聊聊。没准，林燕儿能介绍几个未婚闺蜜给自己认识认识。

兴华还是有个性的人。中意兴华的姑娘不少，可三兄弟里，他结婚最晚。千挑万拣，兴华最后娶了个离过婚的女人。表嫂原是兴华一位写诗的朋友之妻。那诗人曾在小城办朗诵会，兴华带加平坐车去助过兴，林燕儿似乎也跟了来。诗人的老婆比兴华大一两岁。表姨一家子反对，兴华态度坚决。大概还上演了一些电视剧桥段，到底是结了。当时，加平正在念大学，没回去参加婚礼。

加平晓得，在一些亲友眼中，自己也是"有个性"的人。

有人以为能方便向加平供职的公司借钱，加平帮忙递了资料，被告知不符合条件，没能成事；亦有向他私人借的，当然是高看他了。加平对他们说，自己是技术员，修电脑的，而非业务员，千万别误会。当然，加平的部门同事里，有在自修金融学的，也有已考取会计证的。亲友说加平不顶事，还说他冷口冷面。

忘了是何缘故——或只因人大起来了——上大学前，加平就少在兴华处走动了。自然，稀疏还见过面。迄今最后一次碰兴华，是三年前的一场白事上。人多，加平和兴华没说上几句。兴华表示，如今在路上碰见加平，可能认不出他来了——以前是那么的一个小不点，现在站起来比自己高。兴华发福得厉害，但加平觉得自己在路上能轻易认出他来。

也是那次，加平与表嫂见着了面。如传言所说，是一个有风情的女子，热烈地要介绍好女孩儿给加平。比起兴华，似乎她和加平说了更多话。

刻下，电梯平缓上升中，加平稍有些忐忑。他想，和兴华又是几年未见。名为"几年未见"的文件夹里，储备了许多事物，现在，兴华表哥也添了进来。碰了头，自己可千万不能冒失，贻笑大方。

前一晚就通过电话，八九点钟的样子，差不多在加平挂了母亲电话半个钟头后，隔壁出租房电视声扩大音量时。电话里，兴华的声音很是疲惫及陌生。加平赶紧打听了病房号，约定探病时间，此外没有别的话。

电梯口出来，折两个弯，到一条长走廊。电话中，兴华报的病房号是个繁复的数字，加平差不多到走廊底部才在一扇敞开的门上看见，一时还不确定是否就是这个数，惘然地朝里面望几眼，看见了兴华的病床。

病室共三张床，兴华的在最里头，靠窗。

午后阳光灿烂，病室一片明亮。地面不十分干净，搪瓷尿壶豁口显眼，白色被单有些发乌。病室共两盏日光灯，靠窗那头刻下正点着，只是被阳光吞融，日光灯的寒白光也染上暖色。

门口瞥见兴华后，加平不加细看，赶忙转移视线，踏进病室。

有人唤了他一声，该是兴华也看见了加平。加平忙不迭回一声，又瞥视一眼，微笑起来，立马觉得不合时宜，掉转目光看前方窗外。病室通道狭窄，折好的躺椅靠在墙角，不时需侧身。抵至窗边，加平折过头来，看兴华的病床。

意外地，首先抓住眼球的，是床头柜上一瓶子鲜花。普通的多棱玻璃瓶，能看见底部一层浅水。蓝的红的紫的黄的白色相杂的花儿，推推挤挤，整个瓶口都被撑牢了，想轻易抽一朵出来而不脱层皮，似乎有难度。加平向来不识草木鱼虫之名——虽然一年还读十来本书——花店也没有正儿八百去过几次，面前的花儿，有的看着觉得眼熟，也有的完全没印象，只知道这里并不止一种花，插得也不能说有什么章法。给公司办公室里的女业务员、女经理重装系统或杀毒时，加平见过她们桌头也常插一束花的，也有火红红的，可从来没有这么色彩斑斓过。某一瞬间，他起了"插的是假花"的念头，但情况是显明的，绒面质地似的花瓣颇为润泽，阳光一照，红得发紫，紫得显黑。更靠近了些，香的确也是香的，夹杂着一股子并非臭味的异味。

"这花漂亮吧，有个性吧！我每天都换过一遍，重新插的。"

说话的是表嫂，她看着看花的加平。表嫂穿一身与花瓶里花儿差不多色数的丝质连衣裙，坐在略低于床位的窗台上，此刻已站起身来，裙子时时泛光。在门口第一眼瞥见兴华时，加平就有一种他身边附着一团什么的感觉。虽然只见过一次面，对表嫂，加平并不觉得陌生。

"这样插一插，就会觉得环境好了一点，心情也舒服了一点。"表嫂补上一句，似乎同时做了次深呼吸，给笑容加上一阵力道。加平点头表示同意。表嫂黑眼圈沉重，面庞亦不十分光鲜，显然是照顾病人照顾出来的。

"她每天就只记挂这些事情。我说她无聊。"兴华说。

跟前晚相比，兴华的声音与加平记忆中的相近了。兴许是那晚加平打电话打得晚的缘故。

听见兴华这么说，表嫂只对着加平"嘿嘿"笑几声。

加平一边直说自己"来晚了"——他也做了次深呼吸，使话音带上点力道，然而又不能太大声——一边递葡萄到表嫂手里，心想红包过一阵子再拿出来。

寒暄完毕，加平才于找到病室后第一次正眼看了兴华。

他吃了一惊，并非因为清楚看见了兴华的病态。在想象中，那残颓，需要无数句谁也没个底儿的安慰话才能抚平一些。他吃惊的，乃因兴华的面庞，清清楚楚，还是滑圆圆的，似乎没少半两肉，头发梳得一丝不苟；稍显白皙的脸上，血色似乎正在迅疾涌动，或许，是被阳光、花朵及那连衣裙给映照的？

不管怎样，加平自信绝对没有看花眼。要不是穿着蓝白相间的病号服，加平并不觉得兴华与上次会面时有何区别。此刻，兴华靠着竖立的枕头斜躺着，被子盖到胳肢窝底下，腹部隆起一块——显然，是啤酒肚，而非别的什么东西。他这个样子走出去，仍会被人打趣怀了几个月小孩。兴华的两只手搭在肚子上，像是在静静守护着什么。

算起来，手术不过四五天前的事。兴华吃的什么补品？表嫂又如何服侍？加平疑惑，又觉神奇。他想起母亲的话，果真，"不是什么大事"？这该是值得高兴的吧，衷心地觉得如此的同时，不知怎的，加平的脸有点发僵。

表嫂出去洗葡萄。加平问兴华："表哥现在觉得怎么样？"

"没什么感觉了。一切正常。过两天就出院。"

"那就好！那就好！"加平松了口气，觉得已尽此行之责，余下时间里，说些其他的不咸不淡的话就行了。他估摸着，最迟下午三点钟，便能乘公交车回去，坐回电脑前了。

加平看兴华，后者的手仍搭在肚子上，嘴角泛起一丝微笑。看样子，他也不想就自己的身体状况，再谈点什么。兴华毕竟不是那类有点小病小痛就自觉得了绝症，直拉着你说个不停的人！

"这么好。谁来看你来啦？"说话的，是兴华隔壁床的病人。加平觉得他见缝插针的时机抓得好。一个干瘦的男人，五十岁上下，或更年轻些，蜡黄脸，头发像茅草。他坐在床上，佝偻着背，被子盖在腿上，露出几个灰白脚趾，手指顾自扭绞着。靠门一侧，躺着另一位病人，三分之二的身躯埋在被子里，缩成一团，看上去小小的。那位病人的头朝向另一边，加平看不见他的模样。除了表嫂，病室里不见其他两位的亲人或顾看的人，想必是一时走开了。

"是自家弟弟。"兴华转头跟邻床说话。

邻床病人连"哦"了好几声，又恭维两句"这么好"，打量几眼加平，低头扯起自己的床单来。似乎总扯不平。

加平觉得，医院比他想象中要静许多。或许只住院部才这样。表嫂没出去时，倒并不觉得。

表嫂回来了。葡萄洗过，仍放在原来的尼龙袋里，水淋淋的，那浓郁的乌紫色，似乎淡了一层。

表嫂坐在原来的窗台位置上，加平在她旁边坐下来。表嫂从床头柜上抽两张纸巾，铺在自己与加平之间，把剥下的葡萄皮摆上面。纸太薄，很快洇湿。她看加平剥得慢，把自己剥的一颗递给他，加平赶忙说："我自己剥，我自己剥。"

"那你要不要？"表嫂转头斜眼看兴华。

兴华眨巴眨巴眼睛，不置可否。表嫂倏地半起身，一只脚抵住窗台下半部，弯腰递葡萄，手直伸到兴华嘴边。她捏葡萄捏得牢，指甲嵌进果肉，掐出汁液来。兴华闭着眼，面无表情，牙齿却像长了眸子，一下子叼住葡萄，似乎没怎么嚼过，直接吸落肚去。这看上去像一种秘不外传的技能：一边闭目养神，一边快速吞掉递来的葡萄。

照加平看，兴华咬葡萄时，同时咬到了表嫂的手指头，可表嫂无知无觉似的。可能是他看错了。

邻床病人发出窸窸窣窣的声音。他一连翻看了好几条不透明的尼龙袋里的东西，然后开始在病床四周东摸摸西摸摸，最后，从自己堆叠了不少杂物的床头柜上一只搪瓷碗里拿出半截似乎放的时间不短因而发干的玉米，啃咬起来。他啃咬的速度不很慢，玉米粒子不时掉到床上，他一一留神捡起来。

表嫂一个人剥葡萄，丢到两个人嘴里。加平剥一颗，她能剥三颗。加平心想，自己有点吃亏呢。

趁大家嘴里都没闲着，加平再看兴华的床头柜。那瓶花儿之外，还竖立着几本书，用两个现在不太能看到的、以前高中生常用的"L"形铁质书挡箍住。不知他们从哪儿弄来的这样的书挡。莫非，自带？他们上来看病，还随身带这样的玩意儿？倒不见别的杂七杂八的东西多一件。加平想不通，也就不想了。他定睛细看，端立的书中，一本是商务印书馆"汉译世界学术名著"系列中的绿皮本《君主论》（加平也有一本，横躺在出租房里的电脑桌兼书桌兼餐桌上），一本日本人写的讲庭园的书，三四本翻译小说，其中一本，是一个加平之前没怎么听说过的苏俄人写的，出版有一小段时间了，听说已经买不到了（加平有点想看，又觉得不看也无所谓）；另一本，是一个"轻文学"女小说家作品；还有一本，是一个当红的美国人写的，也是新出的，办公室里好几个每天跟数字打交道的年轻小姑娘也买了，置于办公桌上，没准也是摆在花儿旁边。

"这些书，表哥都看过了？"加平认为这是一个保险的问题，兴华有兴致想聊聊的。

兴华点点头。"大部分，之前就读过的。"他说。

加平看着兴华，等着听下文，然而并没有。加平不禁想，自己产生兴华跟以前比"看起来差不多"的念头，是走了眼。怎么说，也是大病一场。兴华多说点话，要多费一分力气。

可加平又觉得自己有顺势追问的必要。比如，那本苏俄小说到底如何——如果兴华说好，没准自己要去找来看看——另一方面，刻下病室里有一股子淡漠，加平觉得自己似乎得为此负一份责任，因此，嘴皮能多动几下，就多动几下，场子上多一分热闹，比起兴华多费一分力气这件事来，更重要一点。

——不想，被表嫂打了岔：

"里面有几本小说，我也都看过了！"

"你又看不懂的，"兴华说，"你能看的，也就是那本……"他不紧不慢说出床头柜书里"轻小说"的名字。这是加平进到病室后，第一次听兴华用一种较有起伏的声音说话，其中有一丝似真似假的怒气，又有一丝似真似假的不屑。

"好吧。就你看得懂，就你看得懂。别人都看不懂的。"表嫂笑吟吟回说，快速剥好一颗葡萄，塞进兴华嘴里，倒不像急于堵他的嘴。

加平说："待在医院里无聊，有本小说看看，挺不错的。"

"就是嘛！虽然，我也没说待在这里很无聊。我不是这个意思。小说嘛，怎么会看不懂呢？我又不是没读过书！你当是我什么？以前可是有人夸过我有天分的。读书，和写作，两方面都有。我想，我又不是要当什么小说家，书随便看看也就行了，干吗要那么认真？哼，哼！不过，我知道的，我不写而已，我要真写起小说来，不能说比所有人都好，但肯定比市面上很多人要好。有些念头，让它在脑袋里转转，挺有意思的，真要搞起来，那可就俗了——当然，小说这东西，本来就是俗的东西。我不写，可能是因为我还不够俗。"

"你就会自己夸自己，不嫌丢脸。"兴华揶揄道。

"该夸自己的，就得夸一下自己！我是实话实说，又不是在打广告。表弟不是外人，他懂我们的，怕什么？哼！就你不夸我。"表嫂笑得灿烂，现出鱼尾纹来。

"你看手机的时间比看书的时间多。"兴华说。

"不能老看书呀，会把人看笨掉的。"表嫂振振有词，"而且有时候你也都在看手机，问你三声，才答人家一声。这会儿倒来说人家呢。"

"有吗？"兴华冷了调子，似乎想就此打住话题。

加平问："表嫂这段时间都待在医院？没到别的地方走走？"他想起来的路上看到的广告牌，里面的人也是笑靥如花。

表嫂说："是呀，不然能怎么办？走开一步，我就会担心。"她顿了一顿，又加了句："我实话实说。"

兴华紧跟在她后头说："叫她晚上去住旅馆，她就不去。有床不睡，非要在这里睡躺椅。有福不享，我也没办法。不过我也是真服了你表嫂，这么能睡。在家里打打呼噜就算了，在这里也打，也不怕吵到人家。"

表嫂上前轻拍兴华肩膀。邻床的病人轻笑了几声。

"你怎么知道我睡着打呼噜？难道你一整夜不睡觉，睁着眼睛专门听我打呼噜？我什么时候变这么重要了！你这是承认了吗？我倒觉得我常常夜里莫名其妙醒来，想东想西，眼前像放电影一样。我觉得我都快得忧郁症了。你倒睡得好好的。"

兴华微笑不语。

加平想，他们的感情真不错！表嫂跟自己谈过的那三两个说话有一搭没一搭的女朋友真不一样；跟办公室里的小姑娘，也没什么相似之处。当年，兴华表哥这个不听，那个不听，只听自己的，自有他的道理。母亲说，老家那边的人嫌路远，没人上来看望。一点关系没有。有表嫂一个人在，兴华就不寂寞，旁人反显得多余。

差不多时候走了，加平想，虽然看看外头，时候还早，他原本打算多坐会儿的。

加平又问了遍兴华出院的时间，好像他会过来接似的。接着，觍颜摸出红包来，说："只有一点小钱，表哥拿去买点东西吃吃。"这一刻，盘踞在他脑海中的，具体倒不是红包的事情，而是这样一个念头：自己何时才能学得从容些？明明在做一件不失礼的事，却也显得冒冒失失。他的脸，越发僵了。

递到表嫂那里，后者触电似的往后一蹿，双手直摇，头也歪向一边，似乎在极力忍住笑。

"这是干什么呢？"兴华正色道，"你来看我，就很好了。你知道我的，不作兴这些东西。别人来也是一样，我都不要的。东西我会自己买来吃。"

"你有心，你有心……"表嫂撇撇嘴，话好像只说了一半，加平等着，等她说出下一句，结果还是——"你有心。"

加平记起母亲的叮嘱，"一定要送到的"，于是往兴华脚边床铺放。

放好后，一时间，三个人都没动，似乎连邻床的病人也停止了一切动作。加平不知道看谁好，最后目光只凝固在他刚刚触摸过的被单上：看上去不很干净的白被单上那个红颜色的纸包甚是刺眼，因此只想别过脸去，可此刻，他又不想与他人的目光相触。

兴华从床头慢慢挪身过去——被子从他胳肢窝处移开，变得歪歪扭扭——捡起红包，往加平方向抛，还在半空，轻飘飘跌落地上，表嫂再捡起来，直接塞到加平口袋里去。恰巧那口袋之前破了，加平觉得表嫂的手指头都伸到衣服"内壁"去了，像施行了什么探入性检查。

"别塞来塞去的。难看死了，难看死了。"表嫂大功告成，得意洋洋说。

说也说过，递也递过，放也放过了，虽尚未再争夺一下，因为加平也觉得那是"难看"的无用功——虽然，他向来觉得自己在做无用功——于是心安理得做了吧。他想，兴华表哥果然还是那个兴华表哥。虽然这么一场病，他还是没怎么变。自己留这五百块，也是不错的。

"你今天不上班吗？"

待收好红包，脸面软绵些，加平准备起身告辞，这时，飘来兴华慢悠悠的声音。

太阳已经西移，此刻正斜穿病室。兴华床上，大半被单发起黄来。花儿也仍在照耀之中，颇为抖擞。病室开始现出阴阳脸。

"昨晚请了假。"加平说。

今天替他坐班的，该是那位自修金融学的同事。估计没什么事儿，同事能安静待在机房里，在打印纸上勾勾画画，加加减减。别的部门，即便闲聊时，都风风火火；加平他们，则忙的时候，亦显冷寂。加平猜，同事是更希望能发生点事，丢开金融学教材一会儿，而多到办公室串串，沾染沾染那边的气氛。那么，找他加班就对了。

兴华连"噢"了几声，又不则声。他闭起眼睛，久久开启一次。

邻床病人似乎疲了，也跟靠门一侧的病人一样，躺下了，蜷缩起身子。

"葡萄还有，你不再吃点吗？"表嫂问。

其实加平吃腻了，但听了表嫂的话，自然又剥几颗丢嘴巴里。尼龙袋被他拨弄着发出声响。

加平手里发黏。上下唇互有一股子引力，甚或牵起丝来？他想。喝超市里卖的那种小瓶装葡萄汁，倒没有这种感觉，清清爽爽，直通喉咙。母亲知道，又要说里面该是加东西了。加平抬眼，发现兴华和表嫂二人四只眼睛都在盯着自己吃葡萄。他们都已停了嘴。

此情此景，是个绝佳的起身说"还有点事，先走了"的机会，加平却觉得自己应该再说点什么："公司里，我的事情不很多的。"

兴华和表嫂同时点点头。兴华仍旧一副原先的表情，表嫂也现出相类的模样。所谓"夫妻相"，就是如此吧。

加平记起，母亲在电话里说，兴华夸过他来着。不知具体说了什么？此刻，从兴华似乎透过自己身体望向身后玻璃窗的眼光中，加平看不出任何东西来。

又一个绝佳的起身说"还有点事，先走了"的机会，但加平口一滑，说起老板的事情来：

"公司老板也是个八〇后，比我还小一岁，听说现在净资产已经十几亿了……"每次说到那个"亿"字，加平的声音都有些发飘。

事实上，加平和老板并未真正打过几次照面。

可这是加平的"口袋话题"。以前和人约会，没别的话说时，加平总掏出这个一直在那里的"口袋话题"，场面就会热络几分。且第二次、第三次会面，仍可用上，堪称"环保"。谈论的虽是一个将自己远远抛在身后几千几万公里的人物，但加平因为能谈论他，也"与有荣焉"了。

不过，今天进医院前，他怎么也没想过要掏出这个话题来。

与加平约会的女人一样，兴华夫妇的兴致高了些。表嫂紧接在加平后面，一口气儿说：

"我们也认识一个年纪跟你们差不多，自己开公司，奔驰、玛莎拉蒂三四辆，资产加起来肯定不比你老板少，却可能更多的年轻人——好像也并不年轻了——这其实没什么了不起！能赚钱的人非常多。了不起的是什么，你知道吗？我们的那位朋友，还是个诗人呢！他已经出了三本诗集，两本新体，一本旧体，旧体那本还是你表哥作的序。都印得不少。一个亿万富翁的诗人！这你老板就比不上了吧。生意做得好的，我们也认识一些呢。没准你也听说过他的名字，叫陈松仁——名字听起来挺老气，诗却写得很浪漫，真没想到。就是他夸我有天分来着。他跟我们关系还比较好的，不像……"

表嫂顿了一顿，转头对兴华说："不像贾光他们……"

兴华"嗯"一声，接在表嫂后面，作了番解说：

"贾光跟王二、尤今、葛林……他们比较要好。他们看不起松仁，贾光也就跟着看不起。可能是怪松仁没好好照顾他们。肯定是这样，八九不离十。葛林这一伙，也没什么了不起。我原本以为贾光比较好，可跟他们，都跟坏了。不来往就不来往了。松仁虽然也不能说是顶好的，有时候也挺俗气，有时候太浪漫了一点，让我都觉得比较难消受，可哪有他们说的那么差呀！我看他们也不过如此。乱批评别人的，都不会自己照照镜子。"

兴华一边说，一边推开胸前的被子，身体更立了一点起来，似乎嫌热。

在加平听来，什么"贾光"，什么"尤今"……自己一个都不晓得，包括那位已出了三本诗集的陈松仁。

加平甚至觉得，事实上，自己根本未听清表嫂或兴华话里那些人物姓名："葛林"真叫"葛林"？或是"革林"？抑或"葛玲"？他听不出前鼻音或后鼻音——不过，所谓亿万、所谓玛莎拉蒂，总归是切实的吧？——这一个一个人，似乎是比公司老板更遥远、更望尘莫及的存在。不过，一如既往，加平觉得自己有添话的责任，于是一边对表嫂表示没听过"陈松仁"这个名字，一边硬着头皮确认："他肯定是更厉害的了。"

兴华夫妇未作回应，只顾自己说话，似乎忘记了加平，或觉得加平在一旁听听，云里雾里，也是不错的。

"你还记不记得，贾光跟松仁还好的时候，有一次在松仁面前说我们的坏话，说我们不上道儿呢。他以为松仁跟我们没什么来往，可以乱说话的，哪想啊，松仁一五一十都跟我们讲了，就在去年那一次他单独请我们的饭局上。贾光以为我们都不知道呢。当我们是傻子！"表嫂对兴华说。

"他这人就这德行，喜欢搬弄是非。"兴华说。

"还是松仁这个人好玩。松仁常常说，他死后就把财产全部捐出来。他年纪轻轻，就已经想到死了。"表嫂说。

"他的思想觉悟高，是个有趣的人。"兴华说。

突然，似乎惊觉加平还在，表嫂转过头来，对加平吐了吐舌头，"什么'死'不'死'的，我们都不忌讳，整天挂在嘴上也没关系。"她说。床上的兴华点头表示赞许。

加平打了个哈哈，并不想就"死"这个话题说点什么，想来是自己还有所忌讳的缘故。

加平突然想起，兴华的弟弟兴国，生意也做得挺大。母亲三番四次说，希望加平能回老家去，工作不难找，"到兴国厂里去做也好的"，工资绝对不比他在大城市里打工低，最起码，能剩下住宿费、伙食费。

"没错，是这样。"兴华确认加平对兴国生意规模的描述。表嫂撇撇嘴，似乎想说什么。

加平想：终于撇开了那一堆松仁、贾光……

"你还记得兴国呀。不错。我听别人说，你现在都不大回去的，走在路上恐怕都认不出你来了。表姨跟我说过，很希望你能回去，待在我们自己那里。"兴华一边说，一边露一个笑容。

加平赧然了，觉得受了很大的谴责，特别还因为这谴责乃兴华所发；又怪母亲多嘴，联合他人对付自己。

"有些亲戚，如今走在路上，确实认不太出来了。"加平想不出别的话，只好承认，"但兴国表哥还认得的。小时候，我常去你们家，我妈都拖不回。"

兴华"哈哈"笑一声，说："小时候，你都跟在我屁股后头。"

他看加平，让加平一下子觉得正坐着的窗台实在是矮了点。

"而且，"加平很快接着说，"一两年前，兴国表哥打电话给我，说想在我公司里借点钱。我帮他递了资料。不过，我们公司只针对中小企业，而兴国表哥的企业大，最后没能成事；要是搞得成，我也会多一笔奖金。因为这事，前前后后，跟兴国表哥通过好几次电话。现在，过年过节，还经常收到他的祝福短信、微信。"

兴华和表嫂很快对看一眼，像交流一个无意中得到、只有他们二人知晓其中奥妙的罪证，四只眼睛发出一道道光来。他们光顾着对看之际，病室又陷于沉默中。然而，分明有什么东西正毕剥作响。

加平知道，自己又冒失了。一只鞋子总算落地。他感到羞耻。

"我忍不住了，我一定要说了，不然我会憋死的：我一早就说过，他的状况不好，非常糟，是不是？我一早说过了。别人都不相信我，说兴国是大老板，做的是大生意。都当我乱说话。你们看看，你们看看，他生意做成什么样，借钱都借到加平表弟那里去了！这东西哪能碰。怕是他能借的人，都被他借遍了。我是个心直口快的人，有什么说什么。听说，松仁都被他借过好几次钱了！"表嫂一吐为快，甚为雀跃，然而也一惊一乍起来，"可我怎么也想不通，他跟松仁，怎么也有关系的？"

"你呀你，什么话都不能在嘴里停三十秒。"兴华气鼓鼓说，然后，现出一副"既然说了，就说去吧，我也没办法"的表情，就差耸肩、摊手了。

"你知道吗？"表嫂一心一意对加平说起话来，"兴国也在你兴华表哥这里借过钱。虽然数目不大，但到现在还没还。三四年了吧，到现在。"

"借出去了，就不指望还，就跟白给了人家是一样的。"兴华说。

"你知道的，你兴华表哥是个有个性的人！"表嫂说，"有时候，我都说他了，说他太有个性。个性不能当饭吃，虽然我们也不愁没饭吃。哼哼。"

"可能一时周转不灵吧。而且，就算瘦死的骆驼也比马大。"加平悠悠地说。

"他这'一时'，可真够不短的。"兴华像是鼓起了极大的勇气，才说了这么一句。

不知哪儿来的灵感，加平突然觉得，兴华口中，"兴国"这个名字，与"贾光""尤今""王二"等一样，后面都缀了个英语里的"ed"词尾，如果人名也跟动词一样，能加"ed"的话。

这个发现，让加平大吃一惊。他不知道，兴华之后吐出的人名是否也都一一加上"ed"词尾。他感到一阵失望，又暗暗窃喜。失望归失望，加平又觉得，这失望，是理所当然的，是打开一个年深日久的旧文件夹所必须付出的代价。

表嫂继续说："你知不知道？兴国叫过你兴华表哥去他那里做事，给他当秘书什么的，说是信不过别人。可是，我们还信不过他呢。那时候，兴国的环境看起来还不错，出去还能装装门面。你兴华表哥就一句话：坚决不去。自己这么逍遥，为什么要听别人指挥？后来又找我们借钱，又不还我们——当然，我们也不是把钱看得很重的人——我很赞成你表哥的决定，坚决不去！"

对此，兴华不置一词，好像已经有了"发言人"，就不必劳烦自己动动嘴。加平想，"发言人"都是受"事主"操控的吧，相当于"后门程序"。可谁知道呢，没准"事主"受"发言人"操控。

"我不知道有这么一回事。"加平机械地回说。他对自己挑起的这个话题，感到索然无味了。他又想起母亲说的那句"到兴国厂里去做也好的"——她话说得那么容易！跟自己差不多。

"表哥还在报社上班吗？"加平问。加平知道的是，结婚前后，兴华在一家中学教书，之后去了《老年报》上班。这么些年过去，不知是否有变动？

"是呀，还在那里。事情很少，可能比你还少，因此有很多时间做自己的事情。"表嫂说，嘻嘻一笑，"可我经常说他，你们报纸上，登那么多健康资讯，你都采访过不少人写过不少文章，怎么自己都没用上，得了这病……"

这是加平进病室后，第一次听到表嫂谈论兴华的病情。加平坚信自己看真切了：兴华沉下脸来，向表嫂投去愤怒的一瞥。同样清楚的是，表嫂接收到了此一怒瞥，第一次现出了后悔的表情……加平相信，她不是轻易后悔的人。

病房一时又陷入沉默。其他两位病人都像已睡死过去。沉默是千言万语，但沉默同时也就是硬邦邦的东西。

"我不信那些东西。"过了一小段让人觉得尴尬的时间，兴华说。

"我也不信的。"像得了宽恕，表嫂很快跟着说，"我们是很乐观的人。"

于是，病室回归正常状态。

阳光离开了病室，天灰蓝起来。剩下日光灯的寒白光，只在兴华这边亮着。一个失而复得的起身说"再会"的时机。

可加平这会儿记起来之前想探究的那个小话题。一时间，感到一股振奋。之后，一阵发虚，心底空落落起来。

转念，他觉得，问不问都不很打紧。可能在窗台上坐久了，有点乏了。问了，没准也不会有收获。或许，林燕儿亦属兴华口中名字尾巴缀上"ed"之人的行列。不过，不问，终究像是个什么遗憾。动一动嘴，吐几个音节，这一点努力，加平还是愿意付出的。

可轻易开不了口。加平觉得有必要一学病中的兴华的气定神闲。尼龙袋里，还剩一些葡萄。表嫂已视而不见，加平伸手又拿几颗，小心剥了皮。葡萄都发瘪了，捏在手指里软塌塌的，像捏着个脓包。纸巾上的葡萄皮堆成个小山儿，加平再往上叠，一时没顶住，掉了一些在地上，加平捡起来，平摊在早已洇破了的纸巾上。整个窗台似乎都被浸湿了。

"以前，老往表哥家里跑，可真好玩，"加平说，心虚益甚，"认识了不少人，还去城里参加诗会什么的。我现在偶尔还会读一两首诗呢。记得，住在你家附近，有一对兄妹，时常来找你玩的。那次诗会，那个妹妹，好像叫林燕儿，也一定要跟我们去。"

说起那次诗会，加平并不认为失礼。他自觉脸皮厚了。而且，照兴华和表嫂所展现的魄力看，表嫂的诗人前夫，显然没有成为"房间里的大象"的资格。

果不其然，兴华夫妇未表现出一丝一毫意外来。相反，他们对这个话头似乎颇有兴趣。兴华连连说："对，对，我还记得。"

"听说林燕儿嫁了个有钱老公。小时候，她都跟在我们屁股后面的。"加平说。他看见表嫂又撇撇嘴。

"你的资讯落后了，林燕儿离婚了。"兴华笑笑说，"你还记得她呀。还以为你早不记得这些事了。"

"怎么会不记得呢——"加平故作惊讶。原来，她离婚了。

"一两年有了吧？她离婚。"兴华转头向妻子求证，后者正突然起意摆弄她插的那瓶花。

黄日虽然隐没，但加平自信看得真真切切：兴华脸上的血色涌动得更欢了。床头柜上，瓶花艳丽如常。加平百分之百确认那是真花，但又有一种挥之不去的感觉：那真花跟假花其实也差不离了，要它放多久，就能放多久。

"是吧！"表嫂确认兴华所言，看看加平，又说，"加平表弟也认识林燕儿，我倒不知道呢。"

"小时候有在一起玩过，模模糊糊还记得。突然想起来，随便问一问。"

"她可真厉害！"表嫂龇牙咧嘴说。

对表嫂表示"厉害"的人物，加平更有了打探的兴趣。不过，他已意识到，无须怎么打探，表嫂自然会爆更多"料"：

"她还没离婚的时候，就缠着你表哥了！"表嫂似乎也想过要压服声调，显然，完败。

一时间，加平未能明确理解表嫂话面上的意思——她是在说：自己还没离婚的时候，就缠住兴华了吗？——只觉得病室地面晃了一晃。赶紧丢一颗葡萄进嘴。

"你把这些事情拿出来说什么嘛！"兴华斜眼看妻子，脸上现出似明似暗的怒容来。

像得了许可证，表嫂继续说："你忘记了？我可没忘记。早先发短信发微信骚扰你什么的，我们还可以假装没看见。后来，两天一个电话，有时候我们都已经上床睡觉了。脸皮这么厚的！不知道神经有没有毛病？你也是的，晚上睡觉都不关机的。你起先还想瞒着我呢，是不是？可她没有半点瞒人的意思，什么都是明刀明枪，不留余地的。"

"啧啧啧……还有这样的事！"邻床病人惊叹一声。加平没注意他是何时醒来且已起身的。邻床病人如之前般，端坐在床上了，探头探脑，艳羡地看着兴华。

"我们家和他们家熟的。说起来，她老公——现在应该说前夫了，也算我的点头之交。又没真搞出什么事来，哪能全撕破了脸？她也还要做人的不是？我们也得为别人想想。"兴华说。

"我说他有一颗佛心来着。"表嫂又对吐吐舌头的加平说。

"照你们这样说，林燕儿好像也挺有个性的嘛，也是个挺真的人哈。"加平忍不住冲口而出，好像自己已看透男女之事，可以跳出三界外，帮林燕儿说几句"公道话"。

表嫂没搭话。邻床病人竖着耳朵听。兴华说："是的。你说得没错。她蛮有个性的。"

"你还很维护她呢。"表嫂现出吃醋的样子来。

"怜香惜玉懂不懂？"兴华乐呵呵说，"她也没什么不好。她就是觉得她老公不好，和他说不上话，嫁了他后悔了。很早就说过离婚，对方不肯，家里人也不肯，拖了蛮长时间。起先，她就是觉得和我比较好说话。都是没办法的事。要真说起来，她比你年轻一大截呢。我有一次跟她打趣说，如果和你离婚了，没准会考虑她。"

"她这么好，你就尽管和我离婚，找她去好了，我没意见。"表嫂也乐呵呵回说。

"那我们明天就去办手续，办完我立马找她！"兴华说。

"出院手续都不办了？"

"不办了。"

表嫂看兴华，犹如一个母亲看自己心爱的顽童。她轻拍他的肩头，他抓她的手，两人齐齐发出洪亮的笑声。似乎被传染，加平也发出笑声——听兴华夫妇的对话，加平感到一种不适，但他笑，是觉得其间的确又有好笑的东西。听他们的说法，林燕儿亦确乎是可

214

笑的人儿。与此同时，他加平也是可笑的，那么，便不妨笑笑——紧接着加平，邻床病人也笑将起来。病室好像一下子变成饭堂。

兴华夫妇笑得最厉害，又你抓我我抓你的，某一瞬间，加平觉得兴华是要一把将表嫂搂到床上去，捺进被窝中。

届时，想必邻床病人要手舞足蹈，呱呱叫的吧。他加平又该怎么办呢？或加入他的行列吧。靠门一侧的病人，倒一直平躺如山。应该没事情吧。

加平笑过之后，觉得身上使劲发起软来。他觉得自己也得找张床躺躺，或直接被送去康复馆。

不适归不适，加平再一次真切地感到：兴华和表嫂的感情没的说。眉梢、嘴角一个挪动，就完全明白对方心迹。兴华当年的坚持，自有其道理。"灵魂伴侣"，这样虚无缥缈的词语，就该落实在他们身上。

兴华虽然责怪表嫂什么话都不能在嘴里停留超过三十秒，但加平无法想象，兴华能跟一个与他有得一拼，把话停留三十秒以上或干脆紧锁的人，成为"灵魂伴侣"。

加平想：自己是羡慕起来了吗？可别人的幸福，毕竟是别人的幸福。

自己，难道就永远是刻下这样了吗？

"你们真好。"加平衷心赞叹道。

"哪里好了。我们最差，全天下最差的。"兴华说。

"是幸福的，就是幸福的。"表嫂说，"我们为什么要怕实话实说？"

兴华微笑着，说："你真肉麻。"

不知道兴华是否真觉得"肉麻"，加平这下倒觉得了。当然，也可能是自己单身寡老的眼光，把人家看"肉麻"了。

"听说她快离婚而还没离之前，还闹过自杀呢，"表嫂做个鬼脸，续上刚刚被加平打断的话题，"不知道是不是为了你？"

加平看着邻床病人紧盯着兴华。又转过头来，天色已黑蓝。

"谁知道呢？"兴华换过原来的悠悠的口气。似乎，秉着适可而止的原则，他觉得这个话题今天可以打住了。

加平可以肯定的一点是，在兴华口中，亦在表嫂口中，林燕儿并不是一个加了"ed"词尾的名字。她是一个可以随时被拉出来，加入他们谈话的人儿，虽然没什么发言权。真说起来，在兴华那儿，林燕儿没准可以跟陈松仁在一个阵营。

或许，承兴华夫妇看得起，在他们眼中，自己的名字，也还没加上"ed"词尾。因为，他们毕竟愿意跟自己说这些似乎只能在夫妇或腻友之间流转的帷薄之语。可是，所谓密语，就是要在公开场合——比如，这一间病室——发表的吧？加平突然作如此想。其实，关于林燕儿，是兴华夫妇的"口袋话题"吧，只不过今天，是自己帮他们掏出来的。这个话题，既可以炒热第三人、第四人在场的氛围，亦可以炒热两人之间的氛围，或独处时。

"那她现在还有骚扰你们吗？林燕儿。"加平装出极感兴趣的样子来。他倒不希望兴华就这么打住话头。

兴华夫妇凝住了笑容，互相对视一眼。接着，兴华面无表情地看加平，或病室窗外的风景；表嫂的眼珠子向上溜，似在细想，最后得出的结论是："好像没了。除非你表哥他骗我。我知道他没骗我。他不会骗我的。以前林燕儿跟他说过一些什么话，他都一五一十跟我说了，手机也给我看了。哈哈！我们之间，都是坦坦荡荡的，不像别的夫妻。其实，关于林燕儿，我们也不是说很在乎。对我们来说，她就是生命中的一个过客。不留痕的过客。"

"这样，也挺好的。"加平悠悠地说。

不知怎的，加平觉得自己为林燕儿报了一箭之仇。

可是，好笑了，自己有什么资格为林燕儿报仇？好像林燕儿不嫁有钱人，不钦慕兴华，跟他加平就有可能似的。自己身边有一些女孩儿，没嫁有钱人，根本不认识兴华，跟他加平又如何呢？

而且，自己究竟造成了什么伤害？——大概是不留痕的伤害！

如果真碰见了林燕儿，自己跟她胡言乱语，没准会觉得自己是个疯子吧。说到底，林燕儿是不是其实跟兴华夫妇组成了一个排外的"团伙"呢？

这么想，算不算一种妄想症？

加平悲观起来。

"我该走了。打扰了兴华表哥这么一个下午，让表哥没能好好休息。"加平说。

加平的手非常黏，像抹了胶水。虽然用纸巾擦过，但葡萄汁液似乎已深入腠理。加平并不想跑去医院卫生间洗干净先，只想一溜烟走了再说。

可也只是想想而已。

兴华夫妇大表诧异，好像加平说了什么不该说、大为失礼的话。加平甚至感觉到了一种他们的惊惮。加平想，也可能是自己的错觉。

兴华夫妇表示：加平应先吃过晚饭再回去不迟。这一餐，必定由他们做东。兴华夫妇非常热情，话音之中，加平听不出半点虚情假意。

"你住哪里？"兴华突然想起似的问加平。

"嗯——"加平及时克制住，让这个"嗯"不显得过长，"说远不远，说近也不近。"他并没有说谎。

表嫂说，医院饭菜非常难吃，猪食一样。昨天傍晚，她跟兴华下过楼，在附近草坪上逛了逛，然后去了附近一家餐厅。味道不错！今天晚上，也可以去那家餐厅。

手虽黏得厉害，但加平没有反对。他全身发软，随兴华夫妇拿主意。

这一顿饭吃得久，近三个钟头，自然又说很多话。等加平出来后，医院附近一溜店铺，仍旧放射着灿烂灯光。还好赶得上末班车。加平回到出租房，差不多已九点半。第二天还要上班。这一夜，加平在床上辗转反侧，磨到凌晨一点左右才睡去，做了好几个梦。第二天上班虽未迟到，但他整个人似乎都被抽空了。然而于那空落落中，又像有所得。过了一个星期，他才稍恢复过来。

2018 年 3 月 31 日一稿

2018 年 4 月 8 日二稿

图书在版编目（CIP）数据

逛超市学／卢德坤著 . -- 北京：作家出版社，2020.8
ISBN 978-7-5212-0945-7

Ⅰ . ①逛… Ⅱ . ①卢… Ⅲ . ①中篇小说-小说集-中国-当代②短篇小说-小说集-中国-当代 Ⅳ . ①I247.7

中国版本图书馆CIP数据核字（2020）第076063号

逛超市学

作　　者：卢德坤
责任编辑：田一秀
装帧设计：芬　妮
出版发行：作家出版社有限公司
社　　址：北京农展馆南里10号　　邮　　编：100125
电话传真：86-10-65067186（发行中心及邮购部）
　　　　　86-10-65004079（总编室）
E-mail:zuojia@zuojia.net.cn
http://www.zuojiachubanshe.com
印　　刷：天津中印联印务有限公司
成品尺寸：152×230
字　　数：160千
印　　张：14
版　　次：2020年10月第1版
印　　次：2020年10月第1次印刷
ISBN 978-7-5212-0945-7
定　　价：55.00元